KB244466

꿈★의 로켓을 쏘다

꿈★의 로켓을 쏘다

로켓박사 채연석의 삶, 로켓, 열정

채연석 지음

북하우스

차례

꿈을 향해 앞으로 나아가라

가슴속에 꿈을 품어라. 절실한 마음으로 꿈을 이루기 위해 앞으로 나아가는 것이 중요하다. 누구에게나 어려움은 찾아온다. 그것은 아무리 단단한 꿈의 날개라도 여지없이 꺾어 버릴 기세로 우리를 몰아세운다. 그때 우리가 꿈을 향해 나아갈 수 있도록 손을 내미는 것은 단 한 가지, 바로 노력뿐이다. 간절한 마음으로 꿈을 잃지 않고 노력하는 자에게 꿈은 늘 언제나 한 발 앞으로 다가와 문을 세차게 두드린다.

한창 문종화차를 연구할 때였다. 문종화차의 구조를 설명해 놓은 기록에는 3백여 개의 부품에 대해 각각 두께, 너비, 길이 등을 자세히 기록해 놓았다. 그런데 한문으로 기록돼 있어 도대체 어디부터 어디까지가 한 부품에 관한 설명인지 구분이 잘 안 되었다. 일단 하나씩 그려서 조립해 보는 수밖에 없었다. 그래서 부품을 하나씩 그려서 조립을 해 보면 이상하게도 매번 부품이 몇 개씩 남았다. 요즘처럼 컴퓨터를 이용할 수 있었으면 한결 수월했겠지만 당시 70년대 초의 상황은 지금과 비교해 보면 거의 호랑이가 담배 피우던 수준이었다.

최고의 과학연구기관인 키스트(KIST)에도 컴퓨터 한 대가 있을 뿐이었고, 지금처럼 컴퓨터로 그림을 그린 다음 3차원으로 조립하는 일은 상상도 못 할 때였다. 관련 자료도 없어서 연구가 무척 힘들었다.

'문종화차'라는 이름에서도 알 수 있듯이 화차는 문종이 발명한 것이다. 문종은 건강하지 못해서 재위기간은 2년 반 정도밖에 안 된다. 그런데도 그 짧은 기간 동안 화차를 발명하고 칠백여 대를 만들어 전국의 중요한 지역에 배치했다. 어떻게 보면 문종이 왕으로 재위하면서 남긴 큰 업적 중 하나는 화차를 개발해 전국에 배치한 것이라고 말할 수 있다.

아무리 연구를 하고 조립을 해도 해결되지 않자, 나는 무작정 문종이 누워 있는 문종왕릉으로 찾아갔다. 혹시라도 그곳에 가면 화차에 관한 무슨 근거라도 찾을 수 있을 것 같았기 때문이다. 그리고는 왕릉 주변에 서 있는 석물에서 화차와 관련된 자료가 있는지 샅샅이 찾아보았다. 결국 아무것도 찾을 수가 없었지만 말이다. 허탈했다. 시간을 내서 먼 곳까지 찾아왔는데 아무것도 찾지 못하고 빈손으로 집에 돌아가려니 발걸음이 떨어지지 않았다.

나는 문종왕릉의 봉분 위로 올라갔다. 혹시 문종의 혼령이라도 근처에 있다면 연구하는 데 도와달라고 도움을 청하고 싶었다. 얼마나 답답했던지 진심으로 그런 마음이 간절했다. 다행히 평일의 늦은 오후라 주변에 사람들이 많지 않았다. 나는 슬슬 눈치를 보며 지나가는 사람들이 뜸한 때를 기다렸다가, 봉분의 뒤쪽을 타고 봉분 위로 올라갔다. 그리고 봉분 가운데에 엎드려서 내 머리를 봉분에 대고 기도했다.

"문종 임금님, 임금님께서 발명한 화차를 복원하려고 지금 연구를 하고 있는데 진척이 잘 안 되고 있어 애간장이 탑니다. 혹시 대왕님의 혼이 이 근처에 있으면 저 좀 꼭 도와주십시오. 간절히 기원합니다."

내 평생 그렇게 애절하게 기도했던 것은 처음인 것 같다. 그런데 그날 밤이었다. 잠을 자는데 꿈속에서 화차의 설계도가 나타났지 뭔가. 나는 놀라서 잠자리에서 벌떡 일어나 책상에 앉아 다시 화차를 설계하기 시작했다. 그동안 수없이 맞춰 봤던 부품들을 하나씩 다시 설계하고 짜 맞추기 시작했다. 그런데 신기하게도 여태까지 짝이 안 맞아 나를 그토록 애태우던 부품들이 딱 맞아 떨어지면서 화차 조립이 완성된 것이다.

그후 나는 스스로도 너무 신기해 이 이야기를 주변 사람들에게 많이 했다. 대부분의 반응은 이랬다.

"아니, 꿈에 나타날 정도로 그렇게 열심히 연구하셨군요."

꿈이란 이런 것이다. 밤낮없이 마음을 애태우게 하기도 하고, 간절한 마음을 갓게 하고, 사람을 나락으로 떨어뜨렸다가도 가슴속 깊은 곳으로부터의 희열을 느낄 수 있게 하는 것, 그런 것이다. 그 꿈을 향해 앞으로 나아가기만 하면 된다.

꿈꾸는
로켓 소년

나는 어려운 일이 닥칠 때면 당황하고 좌절하기보다,

찬찬히 해답을 찾으려고 노력해 본다.

분명히 해답이 있을 것이라는 믿음을 가지고 말이다.

그러면 어김없이 해결책도 나왔다.

그러면서 어려운 일을 헤쳐 나가는 방법을 조금씩 배우게 되는 것이다.

어떤 어려운 일이라도 먼저 주저앉을 필요는 없다.

길을 잃으면 찾아 나서면 되는 것이니까.

내 고향 양지골

　『어린왕자』의 작가 생텍쥐페리는 비행기 조종사였다. 한번은 그가 비행 중 사막에 불시착한 적이 있었는데, 사경을 헤매면서 정신을 놓고 싶을 때마다 어린 시절 고향 집의 모습이 떠올랐다고 한다. 전나무가 심어져 있는 정원, 개구리가 울던 작은 웅덩이, 빠끔히 열린 장롱 문 사이로 보이는 하얀 홑이불들, 옛날이야기를 들려주시던 할머니까지. 그런 포근함을 떠올리자, 자신을 애타게 기다리고 있을 가족들이 몹시도 보고 싶어졌고, 결국 희망을 되찾아 살아 돌아올 수 있었다는 것이다.

어린 시절 뛰놀던 고향 집과 고향 마을의 추억은 가슴 깊은 곳에 간직되어 있다가, 이렇듯 우리가 지칠 때면 살며시 떠올라 기운을 불어넣어 주나 보다. 나도 고향을 떠나온 지 벌써 오랜 시간이 지났지만 어린 시절을 보냈던 마을의 기억은 지금도 생생하고, 언제 꺼내 봐도 푸근하다.

내가 태어난 해는 6.25 전쟁이 한창 진행 중이던 1951년이다. 태어난 곳은 충북 중원군 가금면 하구암리의 양지바른 곳인 양지골. 충주 시내에서 탄금대를 거처 통일신라시대에 영토의 중앙 지역에 세웠다는 중앙 탑을 지나 조금 더 가면 고구려비가 서 있던 입석마을이 나온다. 그리고 그 왼쪽으로 1킬로미터쯤 올라가면 오른쪽에 하구암리가 있다. 양시골은 이름처럼 언제나 따사롭게 햇볕이 내리쬐던 양지바른 마을이었다. 앞쪽에는 작은 내가 흐르고 뒤에는 산줄기가 끝나는 평지에 우리 집이 있었는데, 얼마 전에 가 보니 집은 이미 없어졌고 밭으로 변한 집터만 남아 있었다. 하지만 집 뒤편으로 우리 형제들이 오르내리며 놀던 큰 나무들이 아직도 그대로 서 있었다.

휴전이 된 이후 우리 가족은 충주 시내로 이사를 했다. 새로 이사한 집 바로 옆에는 주물 공장이 있었다. 쇠를 녹인 뜨거운 쇳물로 무쇠 솥 같은 것을 만들던 공장이었다. 그러다보니 울타리 너머로 항상 뜨거운 열기와 쇠붙이 두드리는 소리들이 우리 집까지 건너왔다.

우리 집과 공장 사이에는 나무 울타리가 있었지만 울타리의 아래 부분이 썩어 구멍이 숭숭 뚫려 있었기 때문에 나는 그 틈새를 통해 주물 공장에서 솥이 만들어지는 모습을 들여다보곤 했다. 용광로 속의 시뻘건 쇳물을 틀에 부어서 가마솥을 만드는 것은 아무리 봐도 질리지 않을 만큼 신기하고 재미있었다.

하지만 아저씨들과 눈이라도 마주치는 날이면 우레와 같은 호통을 들어야 했다.

"야 이 녀석! 뭘 보는 거냐! 저리 가지 못해!"

그러면 나는 '걸음아 날 살려라' 달려서 집 안으로 숨어 버렸다. 아저씨들은 뜨거운 쇳물을 다루는 공장 안이 위험했기 때문에 행여 아이들이 들어와서 사고라도 날까봐, 무섭게 호통을 쳤던 것 같다. 아저씨들의 천둥 같은 목소리는 무서웠지만 그래도 나는 호기심을 누를 수 없어서 틈만 나면 울타리 옆으로 다가가곤 했다. 지금도 망치 소리가 드높은 우주센터 공사 현장에 나가면, 아주 오래전 그 시절의 아련한 기억들이 떠오르곤 한다.

가난 속에서도 꿈을 키워 주신 부모님

우리 집은 그리 넉넉하지 못했다. 어느 늦가을에는 우리 남매들이 어머니와 함께 강변의 배추 밭에서 배추 뿌리를 캐서 집으로 가져오기도 했다. 배추 밭의 주인들이 배추를 모두 베어 가고 난 후에 밭에 가 보면 배추 뿌리가 남아 있었는데, 그것을 캐서 우리 가족이 먹었던 것이다. 날씨가 추워서 수건으로 귀를 감싼 채 배추 뿌리를 잔뜩 안고 집으로 돌아오던 그 길이 어린 마음에는 마냥 신나기만 했다. 요사이도 가끔 술집에서 술안주로 배추 뿌리가 나오면 어머니와 배추 밭에서 배추 뿌리를 깎아 먹던 어린 시절이 생각난다.

어렵던 시절이라 당시에는 아이들도 모두 집안일을 도왔다. 그때만 해도 대부분의 집에서 나무를 해서 땔감으로 썼다. 형들은 땔감으로 쓸 나무를 해 오기도 했지만 나는 어려서 그럴 수는 없었다. 하지만 다른 방법으로 어머니를 도울 생각을 했다.

그때의 내 일과는 집 앞의 큰 길을 따라 다리가 나올 때까지 걸어가서 종일 노는 것이 전부였다. 집에 올 때면 나는 꼭 뾰족하고 긴 나무를 주워 길가에 떨어진 낙엽들을 마치 꼬치처럼 끼워 집으로 가져왔다. 그걸 어머니께 드리면 어머니는 무척 좋아하셨다. 낙엽이 불쏘시개로 쓰기에 안성맞춤이었기 때문이다. 어차피 집에 가는 길에 흩어져 있는 낙엽을 주웠을 뿐인데 어머니께서 칭찬을 하시니 나도 기분이 좋았다.

가난했지만 우리 부모님은 자식들이 꿈을 품고 살아갈 수 있도록 북돋워주신 분들이었다. 아버지는 약재상으로, 금산이나 강원도에 가서 인삼 등의 한약 재료를 사다가 한약방에 공급했기 때문에 늘 외지에 나가 있었고 한 달에 몇 차례만 집에 들렀다. 아버지께서 집에 오실 때에는 언제나 사과나 홍시 같은 선물을 사 가지고 오셨다. 그러니 아버지가 집에 오시는 날이 언제나 기다려졌다. 어느 날인가는 아버지가 내게 천자문 책을 사다 주셨다. 한문 공부를 하라고 사다 주신 것이었다. 그것을 읽으며 나는 천자문을 외웠고 집에 손님이 오시면 "하늘 천 따 지……" 하며 외워 칭찬을 듣곤 했다. 천자문이 좋았던 것보다, 어머니가 기뻐하며 칭찬해 주시는 것이 참 좋았다.

"글쎄 연석이가 재주가 좋은지 천자문을 술술 외운답니다."

지금도 아버지께 고마운 것이 그 어려운 시기에 책 사는 데만큼은 아낌없이 돈을 주셨다는 점이다. 중학생이 된 다음부터는 아예 매달 책을 사라고 돈을 줬는데, 새로 산 책과 거스름돈을 갖다 드리면 또 그만큼의 돈을 다시 주는 식이었다.

어머니도 언제나 든든한 지원군이었다. 대여섯 살 무렵, 집 주변에는 키가 큰 나무들이 많이 있었다. 그중에는 단풍나무도 있었는데 가을이 되면 날개처럼 생긴 단풍나무 씨앗이 바람개비처럼 돌면서 날렸다. 그 모습이 신기해 잔뜩 주워서 마당 가운데에 있는 우물에 가서 안으로 떨어뜨리며 놀곤 했다. 깊은 우물 안으로 단풍나무 씨앗이 뱅글뱅글 돌며 내려가는 것이 신기하기도 하고 멋있기도 해서 계속해서 떨어뜨리며 놀았던 것이다.

그것을 보고 집 주인이 나를 나무랬다. 우물에 쓰레기를 떨어뜨리면 물을 못 먹으니 장난치지 말라며 야단을 친 것이다. 눈물이 쏙 빠지게 야단을 맞고 있는데, 마침 우리 어머니가 들어오다 그 모습을 보게 되었다.

"어린애가 신기해서 씨앗을 우물에 좀 떨어뜨렸다고 뭘 그렇게 호되게 야단을 치세요?"

"아니, 뭐요? 먹는 물에 장난을 하니까 그렇잖아요!"

이렇게 한바탕 싸움이 붙었고, 나는 어른들의 싸움이 무섭기도 하고 어머니께 죄송스럽기도 해서 방안으로 숨어 버렸다. 집도 없이 셋방살이를 하고 있는 처지라 주인 눈치를 볼 법도 했는데, 어머니는 당당하게 내 편을 들어준 것이다.

어머니는 그렇게 언제나 우리들 편이었다. 엄할 때도 있었지만 아이들 특유의 호기심에서 비롯된 일이나 그로 인한 실수에는 관대했다. 아마도 그 덕분에 내가 지닌 상상력의 날개는 꺾이지 않은 채 꿈을 키울 수 있었던 것 같다.

길을 잃으면 찾아 나서면 되고

우리 집은 자주 이사를 다녔다. 1957년, 내 나이 일곱 살 때 충주에서 청주 수동으로 이사했다가 오래 지나지 않아 우리는 또 한 차례 이사를 해야 했다. 셋방살이의 설움이었다. 새로 이사한 집은 기찻길 옆에 있는 집이었다. 기차가 지날 때면 시끄럽기도 했지만 덕분에 나는 중요한 경험을 하기도 했다.

어느 여름날이었다. 어머니를 따라 시장에 갔을 때, 어머니께서 옷감을 사가지고 올 테니 길가의 수돗가에서 놀고 있으라고 하셨다. 그런데 한참을 기다려도 어머니가 오시지 않았다. 근처에 있는 옷감 가게를 몇 군데 찾아가 보았지만 어머니는 안 계셨다. 그러다 그만 엇갈려 길을 잃어버리게 되었다. 집에서 시장까지는 걸어서 한 시간 정도 걸리는 먼 길이었다. 나는 그때 겨우 일곱 살이었고, 혼자서는 한 번도 그 길을 가 본 적이 없었다.

어머니를 잃어버려서 처음에는 겁이 났지만 나는 정신을 가다듬 었다. 온 길을 잘 생각하여 거꾸로 가면 집을 찾을 수 있을 것 같았 다. 가만히 생각해 보니, 우리 집 옆에 철길이 있으니 어떻게든지 철길만 찾아가면 되었다. 결국 배짱 좋게도 혼자 집을 찾기로 하고 어른들에게 물어서 청주역으로 갔다. 그리고 거기서부터 철도를 따라 쭉 걸어 무사히 철길 옆에 있는 우리 집을 찾을 수 있었다.

집에 갔더니 벌써 난리가 나 있었다. 나를 잃어버린 어머니가 먼 저 집에 오셔서 연석이를 시장에서 잃어버렸으니 찾아야 된다며 식구들을 재촉했고, 형들과 이웃들까지 청주 시내로 나를 찾아 나 섰던 것이다. 전화도 없던 시절이니 내가 무사히 돌아왔다고 알릴 수도 없었다. 나를 찾아 나섰던 식구들은 저녁이 되어서야 집으로 돌아왔고, 그제야 내가 무사히 집에 돌아온 것을 알고 모두들 기뻐 했다. 어머니는 나를 보자마자 얼싸안고 눈물을 펑펑 흘렸다.

"이놈아 가만히 수돗가에 서 있으라고 했더니 어디로 갔던 거야."

어머니 품에 안기니 나도 서럽기도 하고 반갑기도 해서 눈물이 났다. 하지만 그 일로 나는 자신감이 생겼다. 호랑이한테 잡혀가도 정신만 똑바로 차리면 살아남는다는 옛말처럼, 곤란한 상황이 닥치더라도 잘 생각하면 답을 찾을 수 있다는 것을 어렴풋이나마 알게 된 것이다. 그래서일까? 그 이후로도 나는 어려운 일이 닥칠 때면 당황하고 좌절하기보다, 찬찬히 해답을 찾으려고 노력해 본다. 분명히 해답이 있을 것이라는 믿음을 가지고 말이다. 그러면 어김없이 해결책도 나왔다. 그러면서 어려운 일을 헤쳐 나가는 방법을 조금씩 배우게 되는 것이다. 어떤 어려운 일이라도 먼저 주저앉을 필요는 없다. 길을 잃으면 찾아 나서면 되는 것이니까.

수정도 거름 주면 자랄까?

1958년, 나는 청주 교동초등학교 학생이 되었다. 1학년 때는 학교 성적이 별로 좋지 않았다. 어떻게 공부해야 하는지 알지 못해 우왕좌왕 했었던가 보다. 하지만 2학년 때는 열심히 노력해서 성적이 좋아졌고, 덕분에 '진보상'을 받았다. 목표를 세우고 노력하면 좋은 성과를 거둘 수 있다는 것을 그때 확실히 알게 되었다.

부족한 부분은 열심히 보충하려고 노력해야 한다는 것을 알게 해 준 또 다른 일도 있었다. 바로 '건강'이었다.

나는 가끔 다리의 관절이 아파서 집에도 가지 못한 적이 있었다. 학교에서는 자주 전화를 해서 식구들 중 누군가가 와서 나를 업고 집으로 데리고 가야 한다는 연락을 하곤 했다. 한창 씩씩하게 달리며 놀아야 할 나이에 다리가 아프니 부모님도 걱정을 많이 했다. 병원에 가도 큰 문제는 없어 보인다는 말만 했다.

나는 뒤떨어진 성적을 보충하기 위해 노력했던 것처럼, 약한 다리를 튼튼하게 하기 위해 일부러 더 많이 뛰고 걸어 다니려고 노력했다. 비탈길 위로 올라가서 아래로 뛰어 내려오기도 했다. 비탈길에서 넘어지지 않으려면 발을 앞으로 내밀며 뛰어야 했다. 그 덕분인지 그후로는 다리 때문에 의기소침해졌던 적은 없었다.

3학년 때에는 드디어 우리 집이 생겼다. 부모님이 셋방살이에서 벗어나 집을 장만했던 것이다. 기쁜 일이었지만 덕분에 학교가 너무 멀어져서, 학교까지 가려면 도심지를 가로질러 사십 분 이상을 걸어야 했다.

이때는 학교의 교실이 부족해서 오전반과 오후반으로 나뉘었다.

오후반일 때면 등교시간이 오후 1시였다. 정오의 내리쬐는 뙤약볕 아래 학교까지 걸어가는 길은 무척 덥고 힘들었다. 이런 내게 즐거움을 준 것은 수정이 박힌 차돌이었다.

그 당시 아이들 사이에 재미있는 이야기가 떠돌았다.

"수정도 자라는 거 알아? 나무처럼 자라서 더 커진대."

"와! 그러면 조그만 수정을 거름 주고 키우면 부자 되겠네!"

요즘처럼 컴퓨터나 게임기 같은 놀잇감이 없던 시절이라 아이들에게는 산과 들이 놀이터였다. 그래서 아이들은 자연 속에 숨겨진 재미들을 잘도 찾아냈다. 차돌에 반짝이며 붙어 있는 수정이 풀이나 나무처럼 자란다니 얼마나 신기한 일인가! 나는 단번에 수정이 박혀 있는 차돌을 구했다. 그래서 빈 깡통에 담아 도청 담벼락 밑 외진 곳에 숨겼다. 그리고 매일 학교를 오가는 길에 들러서 그 깡통에 소변을 보았다. 텃밭에다 소변을 보면 그것이 거름이 되어 야채가 잘 자란다는 어른들의 말이 기억났기 때문이다. 정말 돌도 자랄 수 있는지 내 눈으로 확인해 보고 싶었다. 4학년 2학기 때 전학을 갈 때까지 이 일을 계속했지만 결국 수정이 자라는 것은 확인하지 못했다. 내가 거름을 너무 조금 줘서 그랬을까?.

그리기와 만들기는 즐거워

　나는 칠 남매 중 여섯째다. 아이가 일곱이나 되는 것이 요즘엔 보기 드문 일이지만 당시로서는 대단한 일도 아니었다. 내 위로 누나가 한 명, 형이 네 명, 내 밑으로 여동생이 한 명 있다. 누나와 형들과는 나이 차이도 많았다. 내가 초등학교 1학년일 때 벌써 둘째 형이 군대에 갔을 정도이니 말이다.

　군대에 간 형은 휴가를 나올 때면 그동안 모은 월급으로 선물을 사다 줬다. 사병 월급이 한 달에 겨우 몇 십 원이었는데 한번은 그 돈을 모아 멋있는 신발을 사 왔다. 신발 밑창에 스펀지를 두껍게 붙인, 구두처럼 생긴 흰색 운동화였다. 이 신발을 신고 학교를 긴 날은 공부시간에도 신발 생각에 온통 정신이 쏠려 집중을 할 수가 없었다. 혹시 누가 가져가지나 않을까 불안해서 빨리 쉬는 시간이 되기만 기다렸다. 쉬는 시간이 되면 얼른 교실 밖에 있는 신발장으로 뛰어 나가서 제대로 있는지 확인해 보고서야 마음을 놓았다.

　그렇게 애지중지했지만 결국 그 신발을 도둑맞고 말았다. 수업이 끝나고 나와 보니 신발이 없었다. 누가 가져갔던 것이다. 좋은 신발을 며칠밖에 못 신어 본 것이 너무 아까웠다. 덕분에 우리 동네에 살던 예쁜 여자 교생 선생님 등에 업혀서 집까지 올 수 있었지만, 잃어버린 신발에 대한 아까운 마음은 쉽게 지워지지 않았다. 그후로도 몇 년 동안.

형은 신발뿐 아니라 당시에는 매우 귀했던 하얀 종이를 사 주기도 했다. 내가 어려서부터 그림 그리기를 좋아한다는 것을 알고 미군 부대에 근무하던 형은 휴가를 나올 때마다 좋은 백지를 조금씩 가져다 줬다. 언젠가 형에게 편지를 쓰며 그림을 그려서 같이 보냈더니, 다음번 휴가를 나올 때엔 백지를 무려 이백 장이나 사 가지고 왔다.

"연석이가 그림을 아주 잘 그려서 다들 돌려 보면서 칭찬이 자자했지 뭐야. 그림 그리는 데 소질이 있는 것 같으니까, 앞으로 열심히 그려 봐라!"

덕분에 나는 마음껏 그리고 싶은 그림을 그릴 수 있었다. 아예 서른 장씩 종이를 묶어 놓고 매일 그림을 그려 매달 한 권씩을 채웠다. 아버지두 그 모습이 보기 좋았던지 크레파스를 충분히 사 주셨다. 그리기뿐만 아니라 만들기도 좋아해서 다 사용한 크레파스의 빈 곽을 이용하여 자동차를 비롯해 움직이는 공작품들을 많이 만들었다.

실력도 인정받아서 교내 그림 그리기 대회에서 특선상도 받았고, 국민투표 계몽 포스터 전시회에서 가작상도 받았다. 인근 중학교에서 주최한 대회에서는 입상을 해 중학교 복도에 내 그림이 몇 년 동안 전시되기도 했다. 그때는 즐거워서 그림 그리기와 만들기에 열중했던 것이지만, 이 시절에 그림을 많이 그렸던 것이 나중에 연구하고 설계하는 데 큰 도움이 되었다. 내 머릿속에 상상하는 것을 손으로 자유롭게 표현할 수 있는 것이 얼마나 큰 도움이 되는지 모른다.

운동회장의 인공위성 발사

지금도 빨갛게 감이 익어갈 무렵이 되면, 어린 시절의 가을 운동회 추억이 아련하게 떠오른다. 여름방학이 지나고 개학을 한 다음부터 조급하게도 나는 가을 운동회를 기다렸다. 그만큼 가슴 설레던 큰 행사였다.

달리기, 줄다리기, 박 터뜨리기 같은 게임도 재밌었지만 무엇보다 기다려지던 순서가 있었으니, 바로 '인공위성 발사'였다. 당시 우리 학교 운동회에서는 점심을 먹고 난 직후에 인공위성을 발사했다. 직경 1.5미터에 길이 3미터 정도 되는 원통 모양을 철사로 골조를 만든 다음 비닐을 겉에 붙인 것이었다. 그 아랫부분에 철사로 십자형의 틀을 만들고 가운데에 기름 묻은 솜을 뭉쳐서 단 뒤 거기에 불을 붙였다. 한 마디로 말해 비닐로 만든 작은 열기구였다. 솜에 묻은 기름이 타면서 나온 뜨거운 연기가 열기구 속에서 위로 올라갔다가 다시 아래로 내려오면서 열기구가 위로 올라가는 것이다. 이 기구는 하늘로 100미터에서 200미터 정도 올라간 뒤 멀리 날아가서 떨어졌다.

요즘엔 이런 열기구를 운동회에서 올려 보내며 인공위성 발사라고 하면 모두들 웃겠지만 그때는 1960년대 초였다. 인간 역사에 우주개발이라는 것이 이제 막 시작하고 있던 때였기에 그것만으로도 무척 신기한 것이었다.

내가 초등학교에 입학하기도 바로 전 해인 1957년 10월 4일, 소련이 세계 최초로 인공위성을 발사했는데, 당시는 어렸을 때라 이런 사실도 몰랐다. 전쟁 중에 태어났으면서도 그때가 전쟁인 것도 몰랐는데 외국에서 인공위성을 발사한 것을 알 리가 없었다. 그러나 외국에서 한참 진행되고 있던 우주개발 사실을 알고 계시던 선생님들이 운동회 때 쏘아 올린 열기구에 '인공위성'이라는 이름을 붙였던 것 같다.

나는 열기구가 하늘로 높이 올라가는 것을 보면서 저것을 크게 만들어 사람을 태울 수 있게 만들면 사람도 하늘로 올라갈 수 있겠다는 생각을 했었다. 진짜 사람을 태울 수 있는 열기구가 이미 존재하고 있다는 사실도 그때는 알지 못했던 것이다.

소년, 로켓에 빠지다

4학년 2학기가 되면서 집이 또 이사를 하게 됐다. 학교는 집 근처의 석교초등학교로 옮겼다.

새로운 학교에 처음 들어설 때 내 눈길을 사로잡은 것이 있었다. 바로 정문의 게시판이었다. 게시판에는 어린이들이 관심을 가질 만한, 당시의 뉴스들이 예쁜 글씨로 써 있었다. 그 시절의 초등학생에게는 바깥세상 돌아가는 소식을 접할 창구가 많지 않았다. TV도 없고 신문을 구독하는 집도 많지 않던 시절이었다. 그런데 게시판에는 눈이 휘둥그레질 만한 소식들이 붙어 있었고, 그 앞에서 한

참 동안 시간을 보내게 되었다.

그러던 어느 날, 나는 게시판 앞에서 얼어붙었다. 소련의 우주비행사가 지구를 64회전했다는 것이 아닌가! 머릿속이 멍해지는 기분이었다. 실제로 사람이 우주를 난다는 이야기는 들어본 적이 없었다.

누구나 그렇듯 나도 어릴 때는 만화책을 좋아했다. 동네에 있는 만화방을 들락거리며 만화책을 봤는데, 특히 공상 우주여행 만화를 좋아했었다. 그런 만화에 보면 항상 멋진 과학자들이 나왔다. 모르는 것도 없고, 막힌 문제가 있으면 척척 해결해내는, 귀 옆에만 머리카락이 남아 있는 대머리의 만물박사들인 그들이 멋있었다. 만화를 보면서 우주선을 타고 우주를 여행하는 상상도 해 보았다. 그야말로 꿈 같은 세계로만 생각했을 뿐이었다. 그런데 게시판에서 읽게 된 내용은 충격적이었다. 만화 속에서만 일어나는 일인 줄 알았는데, 실제로 미국과 소련에서 그와 같은 일들이 벌어지고 있다니! 그때부터 내 호기심은 우주를 향해 날아가기 시작했다.

'사람이 탄 우주선은 도대체 어떻게 생겼을까?'

'어떻게 하늘 높이 올라가는 것일까?'

이런 의문들이 생기기 시작했고, 아침마다 게시판 앞에서 새소식을 샅샅이 살피는 것이 습관이 되었다. 당시에는 사진이 아주 귀했다. 로켓 발사 장면, 우주에 떠 있는 우주선, 조종사들의 사진은 좀처럼 보기 어려웠고, 설사 신문에 실린다고 하더라도 그 상태가 아주 나빠서 제대로 알아볼 수도 없었다. 그래도 나는 새로운 소식을 기다리며 게시판 앞으로 갔다.

"러시아에서 또 우주선을 발사했다며?"

"응. 지난번에 발사했을 때보다 지구를 세 바퀴 더 돌고 올 계획이래."

나는 매일 운동장 옆에 세워진 대형 게시판 앞에서 새 소식을 보며, 친구들과 우주선 이야기로 하루를 시작했다. 항상 머릿속에 우주과학에 관한 궁금증과 이야기가 가득 차 있었기 때문에, 동네 친구들과 함께 등하교를 할 때에도 우주과학 이야기를 많이 하게 되었고 친구들은 내 이야기를 재미있게 들어 주었다. 그러다보니 매일 새로운 이야깃거리를 찾기 위해서 관련된 공부도 더 많이 하게 되었다.

알면 알수록 우주과학은 신비롭고 흥미롭기 그지 없었다. 알면 알수록 더 많은 것들을 알고 싶어 조바심을 내게 되었다. 그렇게 나는 로켓소년이 되어 우주를 향해 한 발짝씩 걸어가고 있었다.

세계 최초의 인공위성 발사

1957년 10월 4일, 러시아는 세계 최초로 인공위성을 발사했다. 당시의 조선일보는 발사한 지 이틀이 지난 10월 6일자에 "소련 관영통신인 〈타스〉는 그 특전기사에서 '작은 동 위성은 1시간 46분 만에 지구를 일주하는 속도로 지금 지구를 돌고 있다'고 보도했다. (…) 〈타스〉 통신은 이어 '앞서 기술한 위성은 복합 '로켓' 장치로서 1초간에 최

1957년 10월 4일 러시아에서 발사된 스푸트니크 1호

대 약 8천m의 속도로 발사된다'고 설명했다."라고 소개했다.

소련이 첫 인공위성을 성공적으로 발사하자 미국 전역은 정말이지 대혼란 속에 빠졌다. 미국의 체면이 말이 아니었다. 국회의원들은 "과학자들은 그동안 무엇을 하고 있었는지" 조사를 해야 한다고 목소리를 높였다. 미국의 로켓 전문가들과 인공위성 전문가들은 "소련의 인공위성이 자고 쇳덩이에 불과하다"라고 기자회견에서 말하는 등, 소련의 위성과 로켓 기술을 깎아내리며 궁색한 변명을 하기에 바빴다. 몇 달 후인 1958년 1월 31일, 결국 미국도 인공위성 발사에 성공했다.

세계 최초 유인 우주비행과 이후의 우주 비행들

1961년, 내가 초등학교 4학년 때 드디어 소련은 인류 역사상 처음으로 유인 우주비행을 성공시켰다. 4월 13일자 신문을 보면 "소련이 12일 상오 9시 7분(한국시간 하오 2시 37분) 인간을 외기권으로 발사한 후 이날 상오 10시 55분(한국시간 하오 4시 25분) 무사히 돌아왔다"고 보도했다.

1958년 1월 31일 미국에서 발사된 인공위성 익스플로러 1호

이 신문에 따르면, 세계의 첫 우주선 보스토크(동방)호가 지구주위 궤도로 발사되었으며 무게 5톤의 우주선에 탑승한 사람은 27세의 유리 알렉세예비치 가가린 소령이라고 발표했다. 우주선의 비행궤도는 최저고도가 175킬로미터이며 최대고도는 301킬로미터였고 지구주위 회전 시간은 89.1분이라고 했다. 가가린은 이륙한 후 남미 상공에서 "비행은 정상적이며 나는 무사하다"라고 연락했으며, 아프리카 상공에서는 "비행은 정상적이며 나는 무중력 상태를 잘 인내하고 있다"는 메시지를 보냈다.

4월 13일 가가린은 통신 〈타스〉와의 인터뷰를 통해 다음과 같이 밝혔다.

1961년 4월 12일 소련은 세계 최초로 인간을 태운 보스토크 1호를 우주로 쏘아 올렸다.

"비행 중 나는 처음으로 지구덩어리가 눈 안에 뚜렷이 떠오르는 것을 구경했다. 물론 비행기에서 보는 것같이 똑똑히 보이지는 않았다. 그러나 지구상의 기복을 뚜렷이 구별할 수 있을 정도로 잘 보였다. 소련 상공을 날 때 나는 경작지와 경작되지 않은 땅까지 구별할 수 있었다. 특히 아름다운 것은 지구상의 환한 부분에서 캄캄한 부분으로 들어가서 보는 밝은 별들이 번쩍이는 밤하늘이었다. 그때 지구는 마치 엷은 청색 리본으로 눌러싸인 것같이 보였다. 그러나 일단 캄캄한 부분에서 빠져나오니 리본 색은 갑자기 오렌지 색으로 변하였다. 달은 볼 수 없었다. 그러나 태양은 외기권에서 보니 한층 더 환했고 별들도 똑똑히 볼 수 있었다. (…) 달은 이제 아주 가까운 존재가 됐다. 달에 도달할 수 있는 때는 그리 멀지 않았으리라고 본다. 그리고 우주여행 중 조금도 고독하게 느껴지지 않았다. 좀 더 오래 머물러 있어도 무방했을 것같이 느껴진다."

세계 최초로 우주비행에 성공한
유리 가가린

1961년 5월 5일, 미국의 앨런 세퍼드가 탄도비행으로 우주여행을 처음 시도했다. 탄도비행은 발사대를 출발하여 고공으로 올라갔다가 포물선을 그리고 다시 내려오는 것이다. 당시 세퍼드는 머큐리 우주선을 타고 187킬로미터까지 상승했다가 15분 만에 대서양에 착수하는 비행을 했다.

1962년 2월 20일, 미국의 존 글렌이 드디어 우정 7호를 타고 지구를 3회 전하여 미국도 본격적인 우주비행을 하게 되었다.

1962년 5월 24일, 미국의 두 번째 우주비행이 스콧 카펜터에 의해서 3회 이루어졌다.

1962년 8월 6일, 소련의 티토프 소령이 보스토크 2호를 타고 지구를 17 회전하여 세계를 또 한 번 놀라게 했고 미국과 격차를 더욱 넓혔다.

1962년 8월 11일, 러시아가 보스토크 3호를 발사해 지구를 64회전했다.

1962년 8월 12일, 러시아가 보스토크 4호를 발사하여 같은 시기에 두 대의 우주선이 우주비행을 했다.

1962년 10월 3일, 미국 시그마 7호를 발사해 지구를 6회전했다.

1963년 5월 15일, 미국의 신의 7호가 지구를 22회전했다.

1963년 6월 14일, 소련의 보스토크 5호가 지구를 81회전했다.

1963년 6월 16일, 세계 최초로 소련의 여자 우주비행사 발렌티나 테레슈코바가 우주를 48회전했다.

첫 여성 우주인 테레슈코바

네다섯 살 무렵, 충주 집 앞에서.
아버지, 어머니, 넷째 형(홍석), 그리고 나
약재상이었던 아버지는 외지에 나갈 때가 많았고,
한 달에 몇 차례만 집에 들르곤 했다.

둘째 형(준석)과 나

대여섯 살 무렵 충주 집에서.
이 무렵 나는 마당 가운데 있는 우물에 가서
단풍나무 씨앗을 떨어뜨리며 놀곤 했다.
단풍나무 씨앗은 신기하게도 바람개비처럼
뱅글뱅글 돌며 날았다.

청주 교동초등학교 1학년 때 찍은 사진.
왼쪽부터 넷째 형(흥석), 둘째 형(준석), 그리고 나

고막 찾아 삼만 리!

학교는 물론이고 부모님께서도 '로켓 실험 금지' 명령을 내렸다.

"그렇게 위험한 일을 하다가 어디 고막만 상하겠냐?

이번에 큰일 날 뻔했으니 이제 로켓은 그만둬라."

그러나 제대로 시작도 못 해 보고 깊은 상처만 안은 채

로켓 공부를 그냥 포기할 수 없었다.

고막 하나가 대수인가? 아니, 잃어버린 고막을 되찾기 위해서라도

나는 더더욱 로켓에 매진하고 싶었다.

자전거포 사장은 할 수 있겠네!

"우리 집 사전에 가전제품 A/S는 없어요. 서비스 센터에 가기 전에 아빠가 다 해결해 주시거든요."

우리 아들, 딸은 사람들에게 가끔 이런 말을 한다. 그런데 그 말이 사실이다. 집안에 있는 뭔가가 고장 나면 내가 무조건 뜯어서 고치니까, 우리 집 가전제품들은 서비스 센터 구경도 못 한다.

나는 어린 시절부터 기계에 관심이 많았다. 생각해 보면 넷째 형의 영향이 컸다. 전쟁 직후였던 당시는 전력 사정이 엉망이었다. 또 전기 설비도 지금과 비교할 수 없이 열악해 안전기가 자주 나갔다. 그러면 전기를 켤 수가 없어 다시 양초를 꺼내야 했다. 그런 상황에서 슈퍼맨처럼 나타나서 구해 주는 사람이 형이었다. 손재주가 좋았던 형은 퓨즈를 뚝딱 갈고 다시 전등에 불이 들어오게 했다. 다만 형이 청주에서 중학교를 다니고 있었기 때문에 집으로 올 때까지 기다려야 했지만 말이다.

나는 형의 기술이 놀랍고 부러웠다.

'나도 크면 전기 기술을 배워서 전기가 나가면 바로 고칠 수 있도록 해야지.'

그렇게 다짐을 했었고, 나도 조금씩 기계에 관심을 갖게 되었다.

중학교에 다니면서는 수학 과외를 받았는데 과외 선생님 댁 뒤편엔 옛날 청주전화국 창고가 있었다. 옛날 전화기와 부품들이 잔뜩 쌓여 있었던 그곳은 나에게 놀이공원이나 마찬가지였다. 나는 과외가 있는 날이면 일찌감치 그곳으로 가서 옛날 전화기 부품을 뜯어 보며 시간을 보내곤 했다. 그러면서 기계의 동작원리에 대해 차츰 하나씩 알게 되었다.

집에 있는 고장 난 물건들도 내 차지였다. 부모님이 외출하시면 살짝 뜯어 보고 고칠 수 있는 것은 고쳤다. 다시 고쳐 놓으면 어머니께서 칭찬을 많이 하셨다.

고장 난 물건을 분해할 때는 분해하는 순서를 잘 기억하는 것이 아주 중요하다. 조립할 때 그 반대로 해야 하니 말이다. 자전거를 타고 등교하면서부터는 자전거도 직접 손질했다. 형들이 자전거 고치는 것을 어깨 너머로 보고 배워서, 내 자전거는 완전히 분해했다가 다시 조립할 수 있을 정도였다. 자전거를 한 번 완전히 분해했다가 다시 조립한 뒤부터는 기계 조립에 자신이 붙었다. 내 자신이 자랑스럽기도 했다.

'어른이 되면 적어도 자전거포 사장은 될 수 있겠네!'

이런 생각에 혼자 씨익 웃으며 자신감을 얻기도 했다. 뭔가를 고치고 나면 '나도 과학자가 될 소질이 있다'는 생각에 뿌듯했다.

집에 가보처럼 여기던 아주 비싼 독일제 카메라가 하나 있었다. 그런데 형이 해수욕장에 갖고 갔다가 바닷물에 빠뜨리는 바람에 카메라의 거리를 조절하는 부분이 망가져 사용하지 못하고 있었다. 어느 일요일 형들이 집에 없는 틈을 타 나는 과감하게 카메라를 분해하기 시작했다. 카메라는 처음 만져 보는 것이었지만 거리를 맞추는 부분의 원리를 생각하며 색깔이 있는 셀로판 종이를 넣어 조립했는데, 감쪽같이 고쳐졌다. 사진을 찍어 보니 말짱하게 잘 찍혔다. 형들도 그 사실에 감탄했고, 나도 자부심이 생겼다. 기계

원리에 대한 이해력과 수리 솜씨가 보통이 넘는다는 생각에 한층 더 큰 자신감을 갖게 됐다. 그렇게 고장 난 기계들과 부품들을 만지며 나는 서서히 과학자의 꿈을 키워 나가게 됐다.

너는 훌륭한 과학자가 될 거다

1964년 3월, 나는 청주남자중학교에 입학했다. 워낙에 무엇을 분해하고 조립하거나 만드는 것을 좋아했기 때문에 특별활동은 공작반에 들어갔다. 우선 초등학교 때보다 도서관에 책이 많아서 세계의 우주개발에 관한 진행 사항을 좀 더 자세히 알 수 있다는 것이 좋았다. 본관 2층에 있던 학교 도서관에서 우주과학에 관한 도서를 빌려 보면서 인공위성을 어떠한 방법으로 쏘아 올리는지 인공위성과 로켓의 구조와 원리는 어떠한지 등을 공부했다.

우주과학뿐 아니라 과학 전반에 관심이 많았기 때문에 과학 시간은 항상 재미있었다. 하루는 과학 선생님께서 숙제를 내주셨다. 숙제는 과학교과서에 나와 있는 나뭇가지의 눈을 그리는 것이었다. 나는 그림을 그리는 데엔 자신이 있었지만 누구나 할 수 있는 평범한 그림을 그리기는 싫었다. 조금 색다르게 숙제를 해 가고 싶었다. 그래서 실제로 산에 올라가서 책에 나와 있는 나뭇가지의 꽃눈과 똑같은 것을 찾았다. 그런 다음 눈이 있는 가지를 자르고 속의 딱딱한 부분을 분리한 다음 넓게 펴서 공책에 붙였다. 과학 책에 있는 나뭇가지의 눈보다도 더 정확한 진짜 꽃눈이었다.

숙제 검사를 하시던 선생님께서는 내 숙제를 보고는 놀라시며 반 아이들에게 내 공책을 보여 줬다.

"자, 연석이가 해 온 숙제 좀 봐라. 생생하게 살아 있는 숙제지? 숙제니까 마지못해 하지 말고, 연석이처럼 해 봐. 스스로 찾아가면서 알아 가는 것이 진짜 과학 공부이다."

선생님은 한참이나 칭찬을 하시더니, 수업이 끝나자 다른 반의 아이들에게도 보여 줘야겠다며 내 공책을 가지고 갔다. 이 일이 있은 후 선생님과 나는 아주 각별하게 친해졌다. 선생님께서는 자주 심부름도 시켰고 같이 할 일이 생기면 불렀다. 특별활동도 과학반에서 하라고 권해서 과학반으로 들어갔다. 이야기를 나누다 보니, 선생님도 우주개발 및 과학에 관심이 많은 분이라 내 궁금증에 대해 시원하게 답을 주시곤 했다.

한번은 장학사가 학교를 방문했을 때 성냥 만드는 특별수업을 했다. 특별수업 시간에 나는 조수 역할을 하며 성냥 만드는 것을 도왔다. 성냥은 마찰을 이용해서 불을 만드는 것으로 거의 화약과 같은 종류이다. 특별수업이 끝나고 선생님과 함께 학생들이 만든 성냥 재료를 모두 모아서 불태웠는데, 화력이 엄청났다.

'성냥 만드는 방법을 잘 이용하면 폭발력이 센 로켓 연료도 만들 수 있겠는데!'

내 머릿속에는 온통 로켓에 대한 생각뿐이었기 때문에 바로 그런 생각부터 들었다. 이런 생각을 선생님께 말씀드렸더니 선생님은 더 많은 것을 알려주고 싶었던지 나를 선생님 댁으로 데려갔다. 마침 우리 집에서 멀지 않은 곳이었다. 선생님 댁의 한쪽 벽에는 책들이 가득 차 있었는데, 그중에는 과학 책이 많았고 천문학과 우주에 관한 원서도 많았다. 영어로 된 원서는 내용은 잘 알 수 없었지만 그림만 봐도 흥미진진했다. 그 이후 나는 염치없게도 시간만 나면 선생님 댁으로 달려가곤 했다.

선생님은 결혼은 하셨지만 자식이 없어서인지 나를 친 동생처럼, 또는 자식처럼 대하셨다. 무엇보다 고마웠던 것은 선생님께서 내게 훌륭한 과학자가 될 수 있겠다는 칭찬과 격려를 아끼지 않았다는 점이다.

"연석아, 너는 분명히 훌륭한 과학자가 될 거다. 그러니 포기하지 말고 열심히 해라!"

이미 내 가슴 속에는 로켓을 개발하는 과학자가 되겠다는 꿈이 타오르고 있었다. 선생님이 그 꿈에 대해 확신을 주자, 마치 꿈이 이루어질 것을 약속 받은 듯 든든했다. 덕분에 나는 과학자의 꿈을 한시도 잊지 않고 지켜갈 수 있었다. 내 인생에 고마운 지도자가 돼 주신 그때 그 과학 선생님이 김용호 선생님이시다.

실험실의 환상의 팀

우리 집에서 학교까지는 다리 하나를 건너 1.3킬로미터쯤 가야 했다. 당시에는 버스가 없어서 나는 자전거를 타고 다녔는데, 김용호 선생님은 자전거가 없어서 걸어 다니셨다. 그래서 친해진 다음에는 내가 아침에 선생님 댁으로 가서 선생님과 자전거를 같이 타고 학교로 갔다가, 방과 후에는 선생님의 일이 끝날 때까지 기다렸다가 같이 집으로 오곤 했다. 우리는 완벽한 한 팀처럼 움직였다.

그러다 진짜 팀을 이루어 실험을 하기도 했다. 선생님께서는 주

말이나 방과 후에 종종 학교 과학실에서 화장품을 만들거나 화학실
험을 하곤 했는데, 그때마다 나는 조수가 되어 선생님을 도우며 여
러 가지 것들을 배우게 되었다. 그러는 동안 막연하기만 했던 '과
학'이라는 실체에 조금씩 접근하게 되었고 더 큰 흥미가 생겼다.

선생님은 대학에서 화학을 전공했다. 학교를 다닐 때 화장품을
만들어 팔아서 학비를 벌었다고 했다. 두꺼운 대학노트엔 수십 종
류의 화장품을 수없이 실패해 가면서 만들었던 기록들이 가득 적
혀 있었다.

우리는 과학실에서 화장품도 만들었다. 상당히 재미있었다. 화
장품은 원래 재료비가 무척 싼 데 비해 실제 제품들은 몇 곱절이나
비쌌다. 광고비와 용기 값이 비싸서 그렇다고 했다. 그래서 선생님
은 재료들을 사다가 콜드크림이나 스킨로션 같은 좋은 화장품을
만들고는 다른 선생님들께 선물로 줬다. 선생님들께서 빈 통을 가
져오면 김용호 선생님과 나는 과학실 입구에서 화장품을 스푼으로
떠서 빈 통에 담아 줬다. 덕분에 나는 다른 선생님들과도 가깝게
지낼 수 있었다.

그러다 선생님과 내가 이룬 '팀'이 사건을 냈다. 충북과학전람
회에 광학세트를 출품했는데 이것이 가작에 당선되었지 뭔가. 우

리가 출품한 광학세트는 렌즈와 반사경을 이용해서 빛의 특성을 공부하는 세트로, 오목렌즈와 볼록렌즈, 반사경을 나열해 가며 망원경을 만들어 빛의 특성을 공부하는 것이었다. 선생님의 아이디어로 선생님과 내가 함께 만들었다.

외부에서 인정까지 받으니 실험이라는 것이 더더욱 흥미로워졌다. 그 이후로 우리는 과학실에서 보내는 시간이 더 많아졌고 늦은 밤까지 실험을 하다 돌아올 때도 많았다.

하루는 실험을 하고 밤 늦게 집으로 돌아가기 위해 나왔는데, 그믐이었던지 달빛도 없고 사방이 칠흑같이 어두웠다. 우리는 다시 과학실로 들어가 건전지와 전구를 이용해서 즉석으로 손전등을 만들었다. 그것을 내가 들고 자전거 앞에 비스듬히 탄 채 길을 비추었고, 선생님은 의자에 앉아 페달을 밟으며 집으로 향했다. 일종의 즉석 헤드라이트를 만든 것이다.

그런데 갑자기 버스가 우리 옆을 스치듯 지나가는 것이 아닌가. 길옆으로 피한다고 핸들을 튼 것이 그만 중심을 못 잡고 쓰러졌고, 우리는 순식간에 도랑에 박히고 말았다. 선생님은 도랑에 거꾸로 넘어졌고 그 위를 자전거가 덮치고 또 그 위를 내가 누르는 형상이 되었다. 그러나 비탈진 도랑 쪽으로 머리가 넘어지는 바람에 쉽게 일어날 수도 없었다. 한참 후 내가 먼저 일어나서 자전거를 처든 다음에야 선생님도 도랑에서 간신히 몸을 일으킬 수 있었다. 도랑물에 빠져 선생님의 머리에서는 물이 뚝뚝 떨어지고 있었다. 십 년 감수할 만큼 놀랐고 여기저기 아프기도 했지만, 그 모습을 보는 순간 웃음이 터져 나왔다. 우리는 낄낄 웃으며 흙투성이가 된 자전거에 다시 올라 집으로 돌아왔다. 물론 그 이후로도 환상적인 과학팀의 과학실험은 계속되었다.

꿈에서도 우주비행을

고등학교에 막 입학했던 1967년 3월 중순의 어느 날 밤이었다. 고요와 적막만이 세상을 지배하는 듯 사방이 조용한 가운데 하늘은 새까맣고, 땅은 달빛을 받아 하얗게 빛나고 있었다. 나는 밤거리를 걷고 있었다. 거리를 따라 한동안 걷다가 눈앞을 가로막는 것이 있어 고개를 들어 보니 골목 끝에 6, 7층쯤 되는 빨간 벽돌 건물이 서 있었다.

나는 마치 물속을 걸어가듯 힘 없는 다리를 끌고, 빨간 벽돌 건물 속으로 들어갔다. 벽에는 동그란 창문이 두세 개 있었고, 한쪽 벽 구석에서는 고막을 간질이는 감미로운 음악이 흘러나왔다. 어디에 있는지 스피커는 보이지 않았다.

실내에는 우주복과 흡사한 옷을 입은 사나이들이 서로 웅성거리며 무엇인가 분주히 기계를 조작하고 있는 것이 눈에 띄었다. 순간 무서운 생각이 번뜩 스쳤다. 그래서 밖으로 나가려고 문을 찾았지만 방금 들어왔던 문은 온데간데없이 사라졌고, 커다란 소음만이 벽의 진동에 따라 고막을 때릴 뿐이었다.

발걸음을 창가로 옮기려는 순간, ‘쿵! 슈우웃’ 하는 소리와 함께 건물이 기우뚱해져 나는 바닥으로 넘어졌다. 일어나 창밖을 보니 수많은 먼지가 올라가고 있었다. 그리고 옆에 서 있는 다른 건물들은 흔들리며 밑으로 내려가고 있었다. 가만히 보니 내가 있는 건물이 위로 솟아 올라가고 있는 것이었다.

처음에는 엘리베이터를 탄 것 같은 기분이었는데, 속도가 점점 높아지는지 나중에는 온몸이 무거워지며 꼼짝도 할 수가 없었다. 가속도 때문에 생기는 고통으로 정신을 잃고 있었는데, 스피커에서 ‘지구궤도 진입’이라는 말이 흘러나왔다. 정신을 차려보니 내 몸이 허공에 둥둥 떠 있었다.

‘야, 이것이 무중력 상태로구나.’

그런 생각이 들자 도무지 꼼짝할 수가 없었다. 양팔과 두 다리를 움직일 수는 있었지만 걸어 다닐 수는 없었다. 팔다리를 움직여 봐도 제자리였고, 몸의 중심을 잡을 수가 없었다.

언제 나타났는지 우주복 비슷한 옷을 입은 승무원들이 보였고, 잠시 후 그들은 다시 평복으로 갈아입었다. 그때 우주복을 벗는 승무원들 중에서 과학 선생님을 발견했다. 나는 반가운 마음에 소리쳤다.

“선생님!”

그러자 승무원들도 소리를 들었던지 모두들 일손을 멈추고 내 쪽을 응시했다.

“아니! 네가 어떻게 여기에 있니?”

선생님은 나를 보는 순간 의아스러우면서도 기쁨 어린 눈빛을 띠시더니, ‘척척’ 하는 소리를 내며 조심스럽게 걸어왔다. 밑에 전자석이 달린 무중력용 신발을 신고 있어서 걸을 수 있었던 것이다.

“실은 저…….”

나는 지금까지 일어난 사건의 경위를 말씀드리고 선생님께 여쭤 보았다.

“선생님께서는 어떻게 여기에 오시게 되셨어요?”

“지금 우리들이 타고 있는 것은 벽돌 우주선인데 한국의 ‘달 연구 기지’에 연구하러 가기 위해 지구궤도에 있는 우주 정거장으로 가고 있단다. 그곳에서 달로 가는 우주버스로 갈아탈 예정이다. 하여튼 이렇게 되었으니 우주선 선장한테 가서 네 문제를 의논해 보기로 하자.”

선생님은 이렇게 말씀하시고 나서 내게도 무중력용 신발을 신겼다. 신발을 신은 후 어색한 몸을 선생님께 의지하며 선장실로 가는 엘리베이터를 기다리는데, 창을 통해 지구의 광경이 보였다. 지리 시간에 많이 본 토끼 모양의 대한민국이 파란색의 바다와 흰색의 구름 사이로 보였다.

“와! 멋있어요.”

그러다 꿈에서 깨어났다. 한편 허무했지만 한편으로 가슴이 두근거릴 만큼 즐거웠던 꿈이었다. 그즈음 전 세계는 미국과 소련 사이에 벌어지고 있는 유인 달 탐사 경쟁에 모두 빠져 있는 듯, 신문과 TV 뉴스는 우주개발에 관한 것뿐이었다. 이러한 영향 때문인지 나는 가끔 꿈속에서 우주여행을 떠나곤 했다.

고막과 바꾼 첫 번째 로켓 발사

고등학교에 올라가니 가끔 수업 시간에 자습을 하는 경우가 있었다. 이럴 때면 재주 많은 친구들이 앞에 나와 춤을 추거나 익살을 떨기도 한다. 그런 시간이면 몇몇 아이들은 나한테 우주 이야기를 해 달라고 했다. 내가 다른 친구들보다 우주과학에 대해 아는 것이 많았고, 당시에는 우주개발이 전 세계적인 관심사였기 때문에 아이들도 내 이야기를 흥미로워했다. 그렇게 반 친구들에게 이야기를 해 주다 보니, 학교에도 내가 로켓을 좋아하는 아이라는 것이 소문이 났다.

하루는 우리 반의 한 아이가 로켓 추진제를 가지고 왔다. 내가 로켓에 관심 있어 하는 것을 알고 가지고 온 것이다. 검정색 플라스틱으로 만든 것 같은데 속은 비어 있고 직경은 1.5센티미터, 길이는 15센티미터 정도 되었다. 아마도 미국에서 개발한 바추카 로켓포에 사용한 고체추진제였던 것 같다. 친구는 그저 나한테 보여 주러 가져 온 모양이었지만, 나는 침이 꼴깍 넘어갈 만큼 탐이 났다. 그래서 친구를 잘 설득한 뒤 그동안 모아 놓은 용돈을 전부 주고 그 로켓 추진제를 손에 넣었다. 실험을 해 보고 싶었기 때문이다.

나는 로켓 추진제의 길이를 3센티미터 정도로 잘라서 만년필 뚜껑에 끼우고 안정막대를 달아 강변의 모래밭으로 갔다. 그리고 그것을 모래에 꽂아 불을 붙여 발사했다. 1차 발사 시험에서는 추진제가 케이스에서 빠지는 바람에 화산처럼 터져 버렸다. 다시 2차 발사 시험을 했다. 이번에 사용한 로켓은 추진제 길이 35밀리미터, 직경 10밀리미터로 2미터를 상승하여 37미터를 멋있게 날아갔다. 나는 물론 지켜보던 아이들도 환호했다. 비록 작은 소형 로켓이었지만 직접 발사 실험을 해 본 것은 처음이라 짜릿했다.

그후로도 추진제를 구해 몇 개의 로켓을 만들어 발사했지만, 그 이상 로켓 추진제를 구할 수는 없었다. 나는 본격적으로 로켓을 만들기로 했다. 추진제를 구할 수 없으니 아예 만들기로 한 것이다.

일단 과학전람회 출품을 목표로 로켓 비행기를 만들기로 했다. 치밀하게 계획을 세웠다. 시중에서 파는 글라이더 조립키트 두 대를 이용하여 큰 글라이더 하나를 만들고 이곳에 로켓 엔진을 부착하여 비행시키는 계획이었다. 로켓 추진제도 만들었다.

드디어 실험을 위해 내가 만든 로켓을 가지고 운동장으로 나갔다. 오후 3시 20분, 로켓 1차 실험을 했으나 노즐 구멍이 커서 실패했다. 오후 3시 45분, 로켓 2차 분사 실험에서는 점화가 안 되었다. 나는 확인을 해 보기 위해 로켓 쪽으로 엎드려서 기어갔다. 그런데 바로 그 순간 로켓이 폭발한 것이다. 바로 내 머리 30센티미터 앞에서 폭발을 했다. 분사 구멍이 작아서 그랬던가 보다. 로켓 파편이 여기저기 나뒹굴고 내 머리는 흙과 화약 범벅이 되었다. 그래도 천만다행히도 얼굴에는 파편을 맞지 않았다.

왼쪽과 오른쪽 팔에 화약가루가 많이 박혀 있었다. 왼쪽 귀가 먹먹했지만 큰 소음 때문인 것 같기도 했다. 나는 로켓 실험대 옆에 있는 수돗가에 가서 화약가루가 박힌 팔을 씻고 세수를 했다. 그런데 코를 풀어 보니 왼쪽 고막으로 바람이 새어 나왔다. 고막에 문제가 생긴 것 같았다.

당시 고등학교 물리 선생님이셨던 오연진 선생님도 옆에 계셨는데 걱정을 많이 하셨다. 그 와중에도 나는 내 귀보다도, 사고가 났으니 이제는 더 이상 학교에서 실험을 못 하게 되는 것이 더 걱정되었다. 집으로 돌아가 어머니께 꾸중을 많이 듣고는 시내에 있는 이비인후과에서 진찰을 받았다. 진찰 결과 오른쪽 고막에는 좁쌀만 한 구멍이 생겼고, 왼쪽 고막에는 금이 갔다는 것이다. 금이 간 고막은 영양 보충을 잘하면 붙는데 구멍이 뚫린 고막은 재생될 때까지 오랜 시간이 걸릴 것 같다고 했다. 하지만 수술은 위험하다고 해서 그냥 치료만 받고 돌아왔다. 오른쪽 고막에서는 '윙' 하는 바람 흐르는 소리가 계속 들려왔다.

가족들은 큰 병원에 가 보자고 해서 셋째 형과 함께 서울의 세브란스 병원으로 갔다. 의사는 수술을 해서 고막을 이식하는 방법도 있으나 너무 위험하니 영양 공급을 잘 해 주어 재생하는 방법밖에 없다고 했다. 학교는 물론이고 부모님께서도 '로켓 실험 금지' 명령을 내렸다.

"그렇게 위험한 일을 하다가 어디 고막만 상하겠냐? 이번에 큰일 날 뻔했으니 이제 로켓은 그만둬라."

그러나 제대로 시작도 못 해 보고 깊은 상처만 안은 채 로켓 공부를 그냥 포기할 순 없었다. 고막 하나가 대수인가? 아니, 잃어버린 고막을 되찾기 위해서라도 나는 더더욱 로켓에 매진하고 싶었다.

"아무 성과도 없이 그만두면 고막 다친 것이 너무 억울하잖아요."

아무도 내 의지를 꺾을 수 없었다. 나는 오히려 '고막 찾아 3만 리!'를 좌우명으로 삼고 로켓 공부에 매진했다. 다만 실험은 좀 미뤄두고 로켓과 우주개발에 관한 책을 읽으며 기초부터 천천히 공부하기로 마음먹었다.

도랑에 빠진 신문까지 건져 스크랩!

"저기 도랑에 있는 녀석, 채씨네 아들 연석이 아냐?"

"구정물에 다 젖은 신문에 뭐가 있다고 저렇게 열심히 뒤진대?"

우주과학에 대한 관심이 깊어지면서 나는 신문에 우주개발 기사나 사진이 눈에 띄면 일단 집어 들고 훑어봐야 직성이 풀렸다. 혹시 내가 놓쳤던 기사라도 있을까 해서 말이다. 요즘은 인터넷으로 모든 외국 신문 기사와 잡지 기사를 볼 수 있는 시대가 되었지만, 당시만 해도 새로운 정보들을 섭렵할 방법이 많지 않았다.

나는 일단 우주개발이나 로켓에 관한 기사가 나오는 신문은 모조리 스크랩을 했다. 도랑에 빠진 신문이라도 처음 보는 우주개발 관련 사진이나 기사가 눈에 띄면 도랑에 내려가서 신문을 주워 깨끗한 물에 행구고 말렸을 정도였다.

그 시절 내가 가장 아끼던 보물 1호이자, 지금도 내게 너무나 소중한 노트들이 있다. 하나는 로켓에 대한 책을 읽고 내용을 정리한 것이고, 또 하나는 우주개발을 비롯한 최신 과학기술에 대한 신문 기사나 잡지 기사를 스크랩한 것이다. 나는 노트도 학교에서 쓰는 것보다 훨씬 좋은 것으로 몇 권을 샀다. 그래서 새롭게 알게 된 것들을 빼곡하게 담기 시작했다.

스크랩을 해 두면 관련된 내용을 쉽게 찾아볼 수가 있어서 좋았다. 우주개발, 우주, 로켓, 선박, 자동차, 원자력 등 당시로는 첨단 신기술에 관련된 자료를 모았다. 그리고 시간이 나면 모은 자료를 다시 꺼내서 보곤 했다. 내용이 많아지자 모든 종류의 과학을 스크랩 하는 것을 포기하고 우주개발에 관한 내용만 본격적으로 스크랩 하였다. 지금도 들춰보면 미국의 유인 우주개발(제미니 계획, 머큐리 계획, 아폴로 계획), 무인 우주선, 러시아 우주개발, 로켓 등이 자세하게 스크랩 되어 있어 기억을 새롭게 한다. 뿐만 아니라 지금도 글을 쓸 때나 연구할 때 참고로 보는 데 아주 편리하다.

스크랩에 한창 재미를 붙였을 때, 『학생과학』이라는 잡지에서 학생기자를 모집했는데 김용호 선생님께 말씀드렸더니 학교의 추천을 받아 주셨다. 덕분에 나는 학생기자가 되었다. 학생기자가 되면 매달 『학생과학』 잡지를 집으로 보내 주었기 때문에 최신 우주개발 정보를 스크랩 하는 데 많은 도움이 되었다.

가끔 서울에서 단체로 모여서 과학전람회나 대학교 또는 연구소 등으로 견학을 가기도 했다. 과학을 좋아하는 학생에게 이보다 더 많이 배울 수 있고 신나는 기회는 없었을 것이다. 이때 『학생과학』

의 학생기자 중에는 뛰어난 과학도들이 많이 있었다. 특히 현재 당뇨병 치료의 대가인 건국대 의대의 최수봉 교수도 그중 한 명이었는데, 지금까지도 그때의 인연으로 계속 만나고 있다.

첫 우주 과학강연 '아폴로의 밤'

고등학교에 입학한 후 나는 학교 물리 선생님을 찾아가서 특별활동반으로 과학반을 만들어 달라고 청했다. 당시 우리 학교에는 과학반이 없었기 때문이다. 선생님은 내 제안에 흔쾌히 동의했고, 학생들을 모집했다. 나를 포함 오십 명이 넘는 학생들이 과학반 활동을 하게 되었다.

2학년 때부터는 선생님이 아예 내게 특별활동반의 운영을 맡겼다. 나는 한 달에 두 번씩 재미있는 최신 과학 이야기를 준비해서 아이들에게 이야기하는 방법으로 과학반을 진행했다. 그러다보니 선생님들의 고충도 잘 알게 되었다. 아니, 강연자의 고충을 일찌감치 알게 되었다고나 할까? 어떻게 하면 친구들에게 재미있게 이야기할 수 있을까를 끊임없이 고민해야 했기 때문에 부담도 컸다. 하지만 그러느라 준비하는 과정이 과학을 공부하는 데 많은 도움이 되었다.

지금도 나는 청소년들 앞에서 강연하는 것을 아주 좋아한다. 학생들이 눈을 빛내며 내 이야기를 재미있게 듣는 것을 보면 가슴이 뿌듯하다. 그중에 단 한 명이라도 과학에 관심을 갖게 되고 과학자의 꿈을 꾸게 된다면 무척 행복할 것 같다. 그런 생각으로 나는 어린이나 청소년 강연일수록 더 많은 시간을 들여 꼼꼼히 준비한다.

요즘은 청소년은 물론 어린이들까지 너무 공부에 매어 있는 것 같아 안타깝다. 그 시절에는 학원에 다니며 성적을 올리는 것보다 꿈을 키우고, 많은 경험을 하는 것이 더 의미 있을 텐데 말이다. 나는 고등학교 시절에 공부는 살짝 뒷전으로 하고 여러 즐거운 경험들을 많이 했다.

고등학교 졸업반 때 열었던 첫 강연회는 내게 도전 정신과 자신감을 심어 주었던 큰 경험이었다. 1969년 6월 20일 오후 8시, 청주 YMCA 강당에서 나는 난생처음 공개적으로 '우주과학강연회'를 열었다. 얼마 남지 않았던 미국의 아폴로 11호의 달 탐험을 기념하기 위해 '아폴로의 밤'이라는 이름을 붙였다. 당시 전 세계는 미국의 아폴로 11호가 달로 출발하는 7월 16일을 손꼽아 기다리고 있었다. 우리나라에서 우주개발은 아직 시작도 안 됐지만 이번 기회에 우주개발에 관심 있는 친구들에게 미국은 어떻게 달에 갔다 오려고 하는지 알려 주고 싶었다. 그래서 나는 내 인생에 아주 의미 있는 행사를 치르기로 한 것이다.

강연회는 실물환등기를 이용해서 우주개발 관련 사진을 보여 주며 설명하는 형식으로 진행되었기 때문에 사전에 준비를 철저히 했다. 그리고 정식 초청장도 발송했다.

안녕하십니까?

무더운 햇볕이 내리쬐는 낮은 지나가고 땅거미가 덮인 신선한 저녁 8시입니다. 인류의 사신 아폴로 11호는 7월 16일이면 날 성복의 야망을 품고, 110미터의 거구를 이끌고 케이프케네디 제 39 A번 발사대를 떠나 달로 향합니다. 이때에 세광 Hi-Y에서 우리나라 최초로 우주과학 발표회를 갖게 된 것입니다. 우주시대에 살고 있는 우리들로서 너무나도 비참하게 우주과학에 대해서 모른다는 것은 몸은 우주시대에 있으면서 정신은 봉건시대에 있는 것과 같습니다. 이 기회를 이용해서 조금이라도 배우고 가시는 점이 있다면 대단히 감사히 생각하면서 참석하신 여러분께 감사드립니다.

강연회는 대 인기였다. 청주의 남녀고등학교에서 백오십여 명의 학생들이 참석했다. 강연이 끝나자 학생들의 질문이 쏟아졌다. 걱정을 많이 했었는데 다행히 대답을 잘 할 수 있었다. 참석했던 학생들과 청주 YMCA 선생님들은 박수를 크게 치면서 나를 격려해 주었다. 이날은 어머니와 가족들, 친지들도 참석했는데, 어머니도 기분이 좋으셨던지 강연이 끝나자 웬만해서는 타지 않는 택시까지 타고 집으로 돌아왔다. 그렇게 즐거운 축제 하나가 성공적으로 마무리됐다. 이제 진짜 축제가 남아 있었다. 나는 가슴 조이며 그 순간을 기다리고 있었다.

언젠가는 우리도 저 달에!

1969년 7월 16일 오전 11시 56분, 드디어 암스트롱이 달 착륙에 성공했다. 당시 고3이었던 나는 그날의 일기에 이렇게 적고 있다.

우리 집에는 TV가 없어 나는 염치 불구하고 학교 선생님의 하숙집 주인 방으로 갔다. 집주인을 비롯해서 에닐곱 명이 선생님과 함께 TV로 암스트롱이 달에 착륙하는 것을 보았다. 그때는 TV가 흔치 않았던 시절이라, TV가 있는 집은 월드컵 때 시청 앞 광장만큼은 아니겠지만 동네 사람들이 그득하게 모이게 마련이었다. 나는 중계방송을 보면서 아폴로 달 탐험에 관해 여러 가지 설명을 하게 되었다. 선생님은 제자가 해 주는 해설에 기분이 좋았는지 가끔은 제자를 자랑까지 하며 재미있게 방송을 보았다.

그전까지만 해도 우리 집에 TV가 없다는 사실에 불만이 없었는데, 그 즈음에는 너무 속상했다. 집에 TV가 있었으면 수시로 방송되는 우주 특집방송을 볼 수 있고, 아폴로 호에 관한 시시각각의 소식도 들을 수 있을 텐데 안타까웠다.

TV 화면을 통해 암스트롱의 달 착륙 장면을 지켜본 온 인류는 감동에 빠졌다. 우주과학자를 꿈꿔 온 나는 그들과는 또 다른 감격을 느꼈다. 나는 그날 밤, 마당에 나와 하늘을 올려다 봤다. 쟁반만한 달이 보였다. 저기에 지금 암스트롱이 서 있다고 생각하니 전율이 느껴졌다.

'저기에 사람이 있다니…….'

우주공학을 좋아하는 내가 생각해도 정말 믿기지가 않고 신기하기만 했다. 인류가 달에 갔다가 오는 데는 많은 어려움이 있고 고비도 많다. 달에 착륙할 때보다 달에서 이륙해 지구로 돌아오는 것은 훨씬 더 어렵고 위험하다. 이러한 사실을 잘 아는 나는 아무쪼록 그들이 안전하게 지구로 돌아오기를 마음속 깊이 빌었다.

당시 모든 신문은 70~80퍼센트의 지면을 할애해 아폴로 우주선의 달 착륙 이야기를 가득 실었다. 드디어 인류가 지구로부터 가장 가까운 달에 갔으며, 앞으로 20년 안에는 화성도 갈 계획이라고 소리 높여 떠들었다. 정말 인간이 대단하다는 생각이 들었다. 미국도 대단하다 싶었다. 케네디 대통령이 불과 8년 전에 1970년이 되기 전에 미국이 안전하게 달에 갔다 오겠다고 선언하더니, 정말 계획대로 성공시키지 않았나! 나는 뱃속 깊이 부러움과 결의가 함께 솟았다.

'언젠가는 내 손으로 저 달에 갈 수 있는 로켓을 만들어야지. 우리나라라고 못 만들 게 뭐가 있어? 우리나라도 20여 년 뒤에는 지금보다 잘 살게 될 거야. 그때에는 우리도 우주선을 발사하게 될 거야. 그때 참여하기 위해서 좀 더 열심히 준비를 해야 돼.'

1969년 7월 24일 목요일, 아폴로 11호가 무사히 귀환했다. 모든 방송에서 아폴로 11호가 큰 낙하산을 펴고 태평양에 착륙하는 것을 보여 주었다. 아폴로 우주선을 타고 온 암스트롱, 올드린 등 우주비행사는 버스처럼 생긴 특별한 방에 격리됐다. 혹시 우주비행 중 이상한 세균과 함께 지구로 돌아왔을 수도 있었기 때문이다. 그곳에서 건강검진을 받고 나서 밖으로 나올 예정이라고 했다. 나는 마치 내가 달 여행을 하고 돌아온 듯한 안도감을 느꼈다. 정말 미국의 세 명의 우주인들이 인류 역사상 가장 큰 일을 한 것이다.

소련 유인우주선 보스호트 발사

1964년 10월 12일, 소련이 세 명의 우주비행사를 태운 유인 우주선 보스호트 1호를 발사했다. 미국은 두 명이 탑승한 유인 우주선도 발사하지 못했을 때였다.

보스호트 2호 우주선 밖에서 최초로 우주 산책을 하고 있는 우주인 레오노프.

그리고 이듬해 3월 18일, 소련의 보스호트 2호에 탑승한 우주비행사 중 한 명이 우주선 밖으로 나와 우주 산책을 했다. 인류가 처음으로 우주선으로부터 공기가 없는 우주로 나와 비행을 한 것이다. 미국에서는 세 달 뒤인 6월 3일 제미니 4호에 탑승한 화이트가 우주선 밖으로 나와 이십여 분간 우주 산책을 했다. 그런데 소련이 발표한 우주 산책 사진은 뚜렷하지가 않아서 물속에서 우주 산책을 훈련하는 사진이 아니냐는 소문도 있었다. 두 달 뒤에는 제미니 5호가 8일 동안 지구를 120회 회전했다. 그리고 12월 4일에는 달을 왕복하는 데 필요한 14일간의 우주비행에 성공했다. 달 탐험이 좀 더 가까워진 듯 여겨졌다.

소련과 미국의 달 탐사 경쟁이 본격적으로 시작된 것도 그 즈음이다. 특히 미국의 유인 우주선 발사가 5회로 무척 많이 늘었다. 제미니 계획에서 미국은 연료전지를 처음 사용하여 비행 중 필요한 전기와 물을 얻도록 했다. 가가린이 최초의 우주비행을 끝낸 지 겨우 18일이 지난 1961년 5월, 미국의 케네디 대통령은 취임 연설에서 "1960년대가 끝나기 전에 인간을 달에 착륙시키고 무사히 지구로 귀환시키겠다"라고 선언했다. 그러면 앞으로 8년 남은 셈인데 과연 1969년에 인류가 달에 갈 수 있을지 궁금했다. 그때엔 감히 잡을 수 없는 꿈만 같이 느껴졌었다.

아폴로 11호의 달 탐험

카운트다운이 0을 가리키자 새턴-5 로켓의 아랫부분을 꽉 잡고 있던 네 개의 단단한 철봉이 동시에 옆으로 넘어지면서, 전 인류가 지켜보는 가운데, 세 명의 우주인을 태운 아폴로 11호가 발사대를 떠나 195시간 18분 21초의 달나라 탐험에 나섰다. 미국 동부 시간으로 1969년 7월 16일 오전 9시 32분이었다.

1969년 7월 16일 아폴로 11호는 전 세계가 지켜보는 가운데 케이프케네디 우주항을 출발했다.

아폴로 11호의 우주비행사. 왼쪽부터 닐 암스트롱, 마이크 콜린스, 에드윈 E. 올드린

새턴-5 로켓의 실제 발사 광경은 쉽게 상상하기 힘들 정도로 굉장한 것이다. 새턴-5 달로켓을 서울의 남산 꼭대기에서 발사한다고 가정하고 설명해 보자. 로켓의 크기는 서울 남산 위에 서 있는 240미터의 서울 타워 중간 몸체까지와 비슷한 높이로, 남산에서 발사했다고 가정할 때 로켓의 엔진 소리는 수원까지 들릴 정도로 크며, 밤에 발사되었을 경우 로켓의 엔진에서 나오는 화염의 불빛이 대구에서 볼 수 있을 정도로 대단한 규모이다.

암스트롱 : "휴스턴……, 여기는 고요의 바다, 독수리는 착륙했다."

1969년 7월 20일 하오 4시 18분(미국 동부 시간), 아폴로 11호는 달을 향한 비행을 시작한 지 다섯 째 되는 날 드디어 달에 착륙했다. 인간이 탄 우주선이 처음으로 달에 착륙한 것이다.

암스트롱이 달착륙선 창문으로 보이는 달의 경치를 알렸다.

"착륙선 창밖은 비교적 평평한 평원인데 지름이 1.5미터에서 15미터 정도 되는 여러 분화구가 여기저기 널려 있고, 6~9미터쯤 되어 보이는 자그

인류 최초로 달에 첫 발을 내딛은 루이 암스트롱

마한 봉우리들이 있다. 그리고 30~60미터짜리의 수천 개의 분화구들이 주위에 깔려 있다. 우리들 전방 수백 미터쯤 앞에는 뾰족뾰족 모가 난 바위들이 보인다. 그리고 시야 저편에 언덕이 하나 있다……."

달에 착륙한 독수리호의 암스트롱과 올드린은 몇 시간의 준비 끝에 우주선 밖으로 걸어 나갈 채비를 했다.

암스트롱 : "착륙선 밑 달 표면은 가루같이 아주 곱다."

우주선 밖에서 필요한 이중 마스크로 된 헬멧을 쓰고, 등에는 산소 탱크를 짊어지는 등 달 표면에서의 생명유지 장비를 착용하기 시작했다. 그들은 서서히 밖(달)과 같은 진공 상태가 되도록 달착륙선의 실내 공기를 밖으로 뽑았다. 밖이 진공 상태여서 밸브만 열면 자동적으로 우주선 속의 공기가 밖으로 흘러나가기 때문이다.

오후 10시 40분, 달에 우주선이 착륙한 지 6시간 20분이 지난 후 암스트롱은 달착륙선의 문을 열고 사다리를 조심스럽게 내려오기 시작했다.

오후 10시 56분, 드디어 암스트롱은 달 표면에 발을 디뎠다.

암스트롱 : "사다리 끝까지 내려왔다. 사다리 끝은 달 표면에 불과 2~5 센티미터밖에 박히지 않았다. 그렇지만 표면은 가루같이 아주 고운 것 같다. OK, 지금 사다리에서 막 발을 떼었다."

그리고 암스트롱은 첫 발을 디디면서 "이것은 한 인간에게는 작은 발걸음이지만 인류에게는 커다란 도약"이라고 말했다.

암스트롱이 달에 내리고 나서 24분 후에 올드린도 뒤따라 달에 내렸다.

당시 올드린은 얼마나 긴장을 했던지 달 표면에 내려선 후 우주복에 소변을 보았다고 후에 쓴 자서전에서 개인적인 비밀을 공개했다.

이들은 달에서 2시간 13분 12초 동안 달 표면을 산책하면서 각종 실험을 하고 월진계, 레이저 반사경 등을 달에 설치한 후 달착륙선으로 되돌아왔다.

고등학교 시절 넷째 형(홍석)이 경영하던 합동과학교재사 가게 앞에서

공군이었던 넷째 형(홍석)의 옷을 입고 우주인
흉내를 내면서 사진을 찍었다.

넷째 형(흥석)이 공군이었을 때 비행기 구경을 하러 수원비행장으로 갔다.

고등학교 1학년 때 로켓 실험으로 고막을 다쳤을 무렵 찍은 사진이다. 사고가 났던 날 어머니는 너무 놀라고 가슴이 아프셨던지 꾸중을 많이 하셨다. 로켓 실험에 사로잡혀 있었던 나는 한쪽 귀를 다쳤다는 것보다 실험을 다시 하지 못하게 될까봐 걱정했었다. 그때 시작한 불장난을 나는 아직도 계속하고 있다.

고등학교 시절 내가 가장 아끼던 보물 1호, 스크랩 노트들. 우주개발에 대한
그 시절의 노트들은 지금도 글을 쓸 때나 연구할 때 참고로 보는 데 아주 편리
하다. 스크랩하는 것이 버릇이 되어서인지, 나는 아직도 스크랩을 쉼 없이 계
속하고 있다.

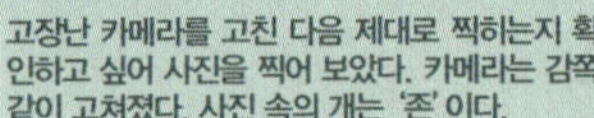

고장난 카메라를 고친 다음 제대로 찍히는지 확
인하고 싶어 사진을 찍어 보았다. 카메라는 감쪽
같이 고쳐졌다. 사진 속의 개는 '존'이다.

III

우리에겐 '신기전'이 있다

'이거야! 바로 이거야!'

신기전, 그것이 바로 내가 찾았던 우리의 로켓이었다.

우리나라에도 로켓이 있었다는 사실이 문서상에 버젓이 나타나 있었던 것이다.

정말이지 그때의 기쁜 마음을 어떻게 표현할 수 있을까?

옆에 있는 아무나 붙잡고 자랑하고 싶고

목이 터져라 하늘에다 소리 지르고 싶은 심정이었다.

정말 행복했다.

비록 재수생이지만
로켓 분야에서는 내가 1등인걸!

아폴로 11호가 무사귀환한 지 얼마 지나지 않아, 나는 시외버스를 타고 대전여중으로 가서 강연을 들었다. 내가 대전까지 가서 듣고자 했던 강연은 위상규 박사님의 우주과학 강연이었다.

당시 신문과 방송은 온통 미국의 아폴로 달 착륙 얘기들이었다. TV에서도 중계방송뿐 아니라 특집방송을 많이 했는데, 여기에 주로 출연해서 해설하는 분이 '아폴로 박사'로 유명한 조경철 박사님과 서울대학교 항공학과 교수인 위상규 박사님이셨다.

그런데 신문에서 위상규 박사님이 대전여중에서 강연회를 한다
는 뉴스를 보게 된 것이다. 고3 수험생 신분이고 뭐고 따질 겨를이
없었다. 나는 바로 버스를 타고 대전으로 향했다. 강연은 너무나
재미있었다. 강당에는 백여 명 가량의 청중이 참석했으며, 강연 뒤
에는 여러 질문들이 오고갔다. 강연회가 끝나고 박사님께 찾아가
청주에서 강연을 들으러 온 고등학생이라고 인사했다.

"저는 로켓 과학자가 되고 싶습니다."

"멋진 꿈일세. 그럼 과학과 수학 공부를 열심히 해 보게."

박사님은 이렇게 자상하게 조언도 하시며『인간과 달 탐험』이라
는 당신의 책에 사인을 해서 기념으로 한 권 주시기도 했다. 또 대
학에 진학하면 찾아오라고도 하셨다. 그런데 세상이 참 좁은 건지,
그분과 인연이 되려고 했던 건지, 대학에 입학한 후 알게 된 친구
가 자기 매형이 위상규 박사님이라고 하지 뭔가. 덕분에 댁에도 몇
번 놀러가고 나중에 내가 책을 출판하게 되었을 때 박사님께서 추
천의 말씀도 친히 써 주셨다.

사실 대학에서 제자로 만나 뵈었으면 더 좋았으련만, 그런 기회
는 없었다. 박사님의 직속 제자가 되려면 서울대 항공학과에 입학
해야 했지만, 나는 사실 학교 성적이 별로 좋지 못했다. 참고서나

문제집을 사느니 차라리 평생 동안 볼 수 있는 로켓이나 우주개발 관련 책을 사고 싶었고, 수업시간도 선생님 말씀보다는 로켓이나 우주개발에 관한 생각뿐이었으니 성적이 좋을 리 없었다. 또 마침 세계적인 우주과학 행사가 벌어진 해에 고3 수험생 신분이었던 것도 내게 도움이 될 리 없었다. 결국 그해 나는 대학예비고사에는 합격을 했지만 대학 본시험에는 실패해 재수를 시작했다.

나는 셋째 형이 살고 있는 서울로 올라와서 광화문에 있는 입시학원을 다녔다. 정말이지 재수생은 불쌍하다. 재수생이란 고등학생도 대학생도 아닌 정말 어정쩡한 존재들이다. 집에 들어가나 밖에 나가나 제대로 인정을 못 받는 낙오자 같은 존재들이다. 모든 재수생의 목표는 빨리 일 년이 지나가고 대학생이 되는 것이다. 길거리에서 먼저 대학에 입학한 친구들을 만나도 반갑지 않았고 오히려 의기소침해졌다. 그때 생각에는 재수생은 어디를 가도 환영받지 못하는 '재수 없는 사람' 인 것만 같았다. 그러나 부족한 것이 있으면 이때 보충해야 한다는 생각으로, 일 년은 내게 없는 시간으로 치고 열심히 공부했다. 로켓에 대한 본격적인 공부를 하기 위해서는 반드시 대학에 진학해서 공부를 해야겠다고 생각했기 때문에, 이를 악물고 실력을 더 높이기로 했다.

그리고 마음 깊은 곳에는 내 자신에 대한 자부심이 있었다.

'비록 지금은 재수생이고, 성적은 대한민국에서 어느 수준인지 모르겠지만, 로켓 분야에서는 내가 1등인걸!'

나는 늘 그런 자부심으로 공부했다. 노벨상을 받은 아인슈타인 이나 달나라 로켓을 만든 폰 브라운 박사의 전기를 읽으면서도 난 낙제는 안 했으니 이들보다 더 잘될 거라고 생각했다. 내가 너무나 낙천적일까? 하지만 그런 생각은 지금도 변함없다. 세계적으로 따 지고 들면 나보다 뛰어난 사람들이 엄청나게 많다. 하지만 내가 가 진 장점을 다른 사람이 전부 가졌다는 보장도 없다. 그러니 일찍부 터 자신의 장점을 찾아 꿈과 목표를 가지고 노력하면, 한 분야에서 세계적인 사람이 될 수 있다고 믿는다.

로켓토 왔냐?

1년간의 재수 생활을 마치고 나는 경희대에 응시했다. 학과는 물리학과를 선택했다. 로켓 과학자들 가운데 물리학과 출신들이 많았기 때문이다. 물리학이 과학기술이나 운동의 근본을 배우는 것이므로 로켓공학의 기본을 공부하는 데 적당하리라고 생각했다. 항공공학과도 좋았지만 서울대학교만 있는 학과였다. 재수를 하며 열심히 공부했지만, 서울대학교를 지망하기에는 불안했다. 또 한 해를 낭비하기보다는 어서 빨리 대학에 들어가 본격적으로 로켓 공부를 하고 싶었다.

어느 대학의 어느 학과를 선택하느냐의 가장 중요한 선택 기준은 '로켓을 공부하는 데 가장 도움이 되는 과가 어떤 학과'이냐였다. 대학교는 내 능력으로 입학할 수 있는 대학을 선택했다. 당시 대학 입학은 두 개의 학과까지 지망할 수 있었다. 그러나 나는 1차 지망이나 2차 지망이나 모두 물리학과를 선택했다.

대학 면접시험 때 면접을 하시던 교수님께서 내 지망학과를 보시더니 의아해하며 물었다.

"자네는 왜 1, 2지망 학과가 똑같은가?"

그 질문에 나는 당당하게 대답했다.

"로켓을 공부하기 위해 대학에 가려고 하는데, 물리학과 이외에는 선택의 여지가 없습니다."

그러자 교수님이 다시 물었다.

"그럼 왜 이 대학을 선택했는가?"

"대학교 본관 건물의 부조로 조각해 놓은 그림을 보니 로켓을 타고 우주를 여행하는 그림이 있어, 입학 후에 학교에서 많은 도움을 받을 수 있을 것 같아 지망했습니다."

내 대답이 끝나자 교수님들은 '괴짜가 왔구나' 하는 표정으로 나를 바라보았다.

나는 경희대 물리학과에 무사히 합격을 했고 오랫동안 꿈꿔 왔던 로켓에 대한 공부를 본격적으로 시작했다. 그런데 면접에서부터 '강렬한' 인상을 남겼던 나는 1학년 첫 학기가 끝나기도 전에 이름이 '로켓토'로 바뀌었다.

한국표준연구원 원장을 하셨던 이충희 박사님은 당시 미국 브라운 대학에서 박사학위를 받고 우리 과에서 현내물리학을 가르치고 계셨다. 그 교수님은 수업시간에 출석을 부를 때에도 내 이름 대신 '로켓토' 왔느냐고 별명을 불렀다. 덕분에 친구들도 내 이름보다는 별명에 더 익숙했다. 어느 날 다른 대학에 다니던 친구들이 학교로 나를 찾아온 적이 있었다. 아무 연락도 없이 학교로 불쑥 찾아온 것이었다. 그때 친구들이 강의실로 찾아가서 다른 학생들에게 내 이름을 물었더니 그런 사람 잘 모른다고 하더란다. 그런데 '로켓토'라고 말했더니 금세 내가 어디 있는지 알려 주더란다. 이

래저래 나는 '로켓토'로 통했다.

대학생 때 쓴 첫 책, 『로케트와 우주여행』

대학 입학 통지서를 받고 나는 중·고등학교 때 학생 기자로 활동했던 『학생과학』 잡지사에 인사를 갔다. 그때 편집장이 내게 뜻밖의 제안을 했다.

"채 군이 좋아하는 로켓에 관한 글을 한번 써 보지 않겠어?"

글을 잘 쓸 수 있을지 걱정이 되어 망설여지긴 했지만, 이 기회에 공부도 하고 내가 좋아하는 이야기가 많은 독자들에게 읽힐 수 있다는 것에 호감을 느꼈다. 『학생과학』의 필자들은 주로 대학 교수님, 연구소 과학자, 신문사 과학부 기자들이었는데 대학교에 막 입학한 신입생에게 글을 쓰게 한다는 것 자체가 쉽지 않은 생각이었다. 편집부의 선생님들이 "좋은 경험이 될 테니 한 번 해봐"라고 권유해서 나는 그 제안을 받아들였다.

집에 돌아 온 이후 며칠간 대학도서관에서 자료들을 찾아 정성껏 글을 써서 잡지사로 가지고 갔다. 밤잠 못 자며 고민해서 쓴 글이라도 내용이 좋지 않으면 책에 실리지 않을 수 있었다. 원고를 건네 놓고도 내심 초조하게 답변을 기다리게 되었다. 그런데 편집실의 선생님께서 웃으며 다가오더니 내용이 좋다고 칭찬해 주셨다. 일단은 합격한 셈이다.

그리고 한 달 후, 『학생과학』 4월호에 장장 4페이지에 걸쳐서 나의 글 '로케트 이야기'가 실렸다. 내 글이 전국에서 수천 명의 학생들이 읽어 보는 과학 잡지에 실렸다는 것이 그렇게 기쁠 줄은 몰랐다. 학생 기자로서 간단히 취재해서 글을 올렸던 적도 있지만, 그것과는 차원이 다른 묵직한 기쁨이었다. 내 생각을 적극적으로 담은 글이기 때문이었던가 보다. 글이 2회쯤 나갔을 때는 독자들의 반응이 어떤지 알고 싶어졌다. 지금 같으면 댓글을 보거나, 잡지사 홈페이지 '의견' 란을 보면 되겠지만 그때는 독자카드를 보는 수밖에 없었다.

잡지사에 찾아가 쌓여 있는 독자카드들을 살펴보았다. 독자카드에는 이번 호에 재미있었던 글의 제목을 적는 난이 있었고 퀴즈 문제의 답을 적어 보내면 그중 몇 명을 추첨해서 상품을 보내 주었다. 1회를 읽어 본 독자들 중에 재미있었다는 독자가 몇 명 있었다. 그나마 위안으로 삼았다. 그런데 3회가 나간 후에 독자카드를 살펴보니 내 글이 잡지에 실리는 수십 편의 글 중에서 두세 번째로 재미있고 유익했다는 반응들이었다. 나는 기분이 좋아서 편집장님께 독자카드를 보여 주며 들뜬 목소리로 말했다.

"편집장님! 독자들 반응이 좋은 것 같은데요."

그러자 편집장님도 독자카드를 살펴보더니 이렇게 말씀하셨다.

"기분 좋겠네. 네가 글을 더 써 보고 싶은 것 같은데, 어때? 일 년 정도 더 써 볼래?"

나는 기분이 좋아서 계속해서 글을 쓰겠다고 했다. 들뜬 마음에 선뜻 대답은 했지만, 매달 주제를 찾아서 정해진 날짜까지 글을 쓴다는 것이 그렇게 어려울 줄은 몰랐다.

그렇게 시작한 '로켓 이야기'는 14회 동안, 그러니까 1년 2개월 동안 계속 연재됐다. 연재를 하는 동안 독자들한테서 많은 편지를 받았다. 그동안 국내에서는 쉽게 찾아보기 힘든 재미있고 흥미로운 로켓 이야기니 단행본으로 만들었으면 좋겠다는 편지도 있었다. 그 말에 나도 욕심이 생겼다.

'14회나 연재했는데, 책을 만들 수 있지 않을까?'

출판사에서 책으로 만들어 줄지 어떨지두 모른 채, 나는 연재를 하면서 빠진 부분들을 보충하며 단행본을 낼 수 있을 만큼의 원고를 만들기 시작했다. 원고 정리를 시작하면서 신문에서 책 광고를 하고 있는 출판사 중에서 유명한 몇 군데를 골라 반송 엽서를 집어넣어 편지를 보냈다. 원고를 쓰게 된 동기, 독자들의 요청에 의해서 책을 만들려고 한다는 내용, 원고를 보고 싶으면 연락을 해 주면 고맙겠다는 용건 등을 적었다.

그리고 얼마 뒤, 현암사에서 연락이 왔다. 올해의 출판 계획은 이미 정해져 있어서 올해 출판은 곤란하다는 것이었다. 다른 출판사에서는 연락이 없었다. 책 출판을 잊을 만했을 때 범서출판사에서 연락이 왔다. 이번에는 원고를 보자는 연락이었다. 나는 바로 다음날로, 준비한 원고를 보따리에 싸서 들고 종로에 있던 출판사를 찾아갔다. 착하고 기품이 있게 생긴 출판시 시장님께서 반갑게 맞이해 주셨다.

나는 원고를 보여 드리며 원고의 내용을 한참 동안 신나게 설명했다. 사장님은 나의 말을 듣고는 이렇게 말씀하셨다.

"그동안 나는 동생인 이화여대 이어령 교수가 쓴 책으로 돈을 좀 벌었어요. 내가 출판사를 차린 이유는 돈을 좀 벌면 국가에 도움이 되는 책을 만드는 것이었거든. 학생 설명을 들어 보니 내용이 좋은 것 같구먼. 한번 책으로 만들어 봅시다."

세상에 이렇게 훌륭한 분도 계시는구나 싶어서 나도 감격해서 불쑥 이렇게 말했다.

"사장님께서 제 원고를 책으로 만들어 주신다면 저는 원고료를 받지 않겠습니다. 대신 과학 책이니 그림과 사진은 가능한 한 많이 넣어 주십시오."

사실 1972년 당시만 해도 과학 책은 대학 교수님들이 써도 잘 안 팔리는 분야의 책이었기 때문에 대학교 2학년 학생이 과학 분야의 저서를 갖는다는 것은 행복한 일이며 영광스러운 일이었다. 사장님도 내 의견을 받아들였다. 당시에는 책에 그림이나 사진을 넣을 경우 동판을 떠서 집어 넣어야 했기 때문에 사진이나 그림이 많이 들어갈수록 출판 비용이 높아졌다.

책을 편집하는 과정에도 나는 출판사를 끊임없이 오가며 편집자와 함께 진행했다. 왜냐하면 우주개발에 관한 과학책이었기 때문에 전문적인 감수가 필요했기 때문이다. 조금만 있으면 내 책이 세상에 나온다는 기쁨에 힘들고 피곤한 줄도 모르고 편집을 두왔다. 아현동에 있는 인쇄소에 교정을 보러 갈 때는 호빵을 사 가지고 가서 직원들과 함께 먹으며 신나게 교정을 부며 출판을 준비했다. 매일 매일 구름 위를 걷는 느낌이었다.

꿈꾸는 자에게 주어진 행운

　교정을 본 지 오래 되었는데도 내가 기다리는 마음을 알고 있는지 모르는지 책은 생각처럼 빨리 나오지 않고 있었다. 어느 날 출판사에 갔더니 사장님께서 책은 11월 초에 나오는데, 문화공보부에서 우량도서를 선정한다고 해서 우선 몇 권만 제본해서 응모를 했다고 말씀했다.

　11월 하순 어느 날, 학교에서 수업을 받고 있는데 문리대 조병화 학장님께서 나를 찾는다는 연락을 받고 학장실로 갔다. 유명한 시인이기도 하신 학장님 방에는 파이프 담배 냄새가 구수하게 났다. 학장님을 그렇게 가까이에서 뵌 것은 처음이었다. 하지만 영문도 모르고 찾아가서 당황하고 있는 나를 학장님은 특유의 푸근한 웃음으로 편안하게 풀어 주셨다.

　"채 군, 책을 썼나?"

　갑작스런 질문에 나는 당황했다.

　"아니, 학장님 그걸 어떻게 아셨어요? 아직 나오지도 않았고 지금 인쇄중인데요."

　그러자 학장님은 웃으시며 말씀하셨다.

"다 아는 방법이 있지."

그리고는 자초지종을 설명하셨다. 당시 학장님은 문화공보부의 문학부문 우량도서 선정위원이었다. 그런데 학장님과 함께 우량도서 선정에 참여했던 연세대의 이길상 교수가 "자네 학교 학생이 쓴 책을 올해의 과학부문 우량도서로 선정했네" 하면서 축하의 인사를 건넸다는 것이다.

"책의 내용에 우리나라의 옛 로켓 이야기가 포함되어 있는 점도 훌륭하고, 학생이 쓴 책 치고 아주 독창적이어서 선정했다고 칭찬을 많이 하더군. 정말 축하하네."

정말 놀라웠다. 그저 내가 좋아하는 것들을 열심히 했을 뿐인데, 그것이 '우량도서'로 뽑히기까지 했다니. 며칠 뒤 각 신문은 문화공보부가 선정한 1972년도 우량도서 23권을 발표했다. 그속에 당당히 나의 첫 저서 『로케트와 우주여행』이 포함되어 있었다. 자랑스러웠다.

범서출판사의 사장님도 무척 기뻐했다. 출판사를 설립한 지 1년밖에 안 됐는데 나 덕분에 경사가 생겼다며 좋아하셨다. 사장님은 등록금에 보태 쓰라며 몇만 원을 봉투에 넣어 주셨다.

경사는 그것이 전부가 아니었다. 조병화 학장님이 나를 총장 장학생으로 학교에 추천해 준 것이다. 총장 장학금은 대외적으로 학교의 명예를 높인 공로가 있는 학생에게 주는 장학금으로, 기성회비를 제외하고 나머지 학자금을 전부 면제해 주는 아주 큰 장학금이었다. 이 장학금 덕분에 나는 졸업할 때까지 등록금 걱정 없이 공부를 계속할 수 있었다. 사실 당시 우리 집안은 경제 사정이 무척 나빠서, 장학금을 받지 못했다면 아마도 대학을 졸업하기가 힘들었을 것이다.

이 책은 그후 내가 로켓 전문가로 성장하는 데 많은 도움을 주었다. 연구하는 데 도움을 받기 위해 타 대학의 교수님을 찾아갈 때 선물로 드리면 아주 기뻐하시며 많이 도와주셨다. 뿐만 아니라 당시 청소년들이 과학자가 되도록 하는 데도 영향을 주었던 것 같다.

2001년쯤 서울의 한 과학자 모임에 참석했을 때의 일이다. 휴식 시간에 화장실을 가는 내게 모르는 분이 인사를 했다. 누구시냐고 물어보았더니 서울시립대학교의 안도열 교수라면서 아주 오래전부터 나를 잘 알고 있다고 하지 뭔가. 어떻게 나를 아느냐고 물어보았더니 그가 어렸을 때 내 책을 읽고 과학자가 될 꿈을 품게 되었고, 지금은 그 꿈을 이루어 과학자가 되었다는 이야기였다. 연구소에서도 종종 어렸을 때 내 책을 읽었던 연구원들을 만나 인사를 받으며 뿌듯한 생각에 잠길 때가 있다.

내 책 『로케트와 우주여행』이 후배들에게 과학에 관심을 갖게 하고, 많은 과학자를 만드는 데 도움이 되었다고 생각하니 감개무량했다. 아무쪼록 앞으로도 내 책을 읽고 과학자가 된 후배들을 더 많이 만날 수 있으면 좋겠다는 꿈을 꾸어 본다.

자명종? 비상벨?

대학 4학년 때부터 나는 중앙도서관 4층에 있는 박물관의 연구실에서 연구하며 생활할 수 있게 되었다. 경희대학교 박물관에는 총통 등 옛 화기가 많아서 연구를 도우며 조교로 일할 수 있게 된 것이다. 내 생활은 온통 '옛 로켓'을 연구하는 데 모든 것이 맞춰져 있었다. 나머지 생활은 생각할 수도 없었다.

공부하고 연구에 몰두하다 보면 심지어 식사 시간을 놓치는 경우도 많았다. 그러면 라면으로 저녁을 때우려고 냄비에 물을 담아 연구실에 있는 전기 히터에 올려 놓곤 했다. 그렇게 물을 올려 놓고 또 연구를 했는데, 잠시 후 냄비의 물이 생각나서 쳐다보면 이미 물이 다 줄어들어서 냄비의 밑바닥이 뻘겋게 달아올라 있었다. 그런 일이 수도 없이 많아서 나중에는 놀랍지도 않았다. 밑바닥이 뜨거운 냄비에 물을 부었다가 냄비가 쪼개지는 경험도 몇 번이나 해 봤다. 그래서 그 다음부터는 냄비를 손으로 들고 부채질을 하며 냄비 바닥을 식혔다. 그리고 다시 물을 붓고 끓였다. 이번에는 실수하지 않으리라 다짐하며 끓는 것을 확인하고 라면을 넣었다. 그러다가 또 잊어버리곤 했다. 책을 들여다보다 '아차' 싶어서 냄비를 보면 물은 거의 다 날아가 버리고 난 뒤였다. 하지만 이쯤에는 배가 너무 고파서 더 이상 참을 수도 없다. 할 수 없이 물이 졸아든 라면에 다시 물을 붓고 끓인다. 그러면 라면이 떡국같이 변해 버리는데 거기에 김치를 넣고 떠 먹었디. 떡국도 아니고 라면도 아니고, 완전히 꿀꿀이죽이나 마찬가지였다. 그래도 머릿속에는 옛 로켓에 대한 생각뿐인 즐거운 생활이었다.

연구실에서 연구와 식사만 한 것이 아니었다. 아예 잠도 연구실 간이침대에서 해결했다. 연구가 늦어지면 집으로 가는 시내버스가 끊어졌기 때문에 그것을 핑계 삼아 거의 연구실에서 살다시피 했다.

그러나 도서관의 난방이 밤 11시 정도면 끊어지기 때문에 겨울의 새벽에는 몹시 추웠고 감기도 자주 걸렸다. 닭털 침낭을 펼쳐서 덮고 잤는데 밤에 자다 보면 침대에서 침낭이 떨어져서 감기에 자주 걸렸다. 식사가 부실하고 건강이 좋지 않아서 그런지 감기에 걸리면 오랫동안 고생을 했다.

몸이 아프면 연구에도 지장을 받기 때문에 나는 대처 방법을 연구했다. '어떻게 하면 감기에 걸리지 않을까?' 분석해 보니 잠을 자면서 옆으로 드러눕거나 발로 차서 이불이 떨어진 것도 모르고 침대에서 잠을 자는 것이 문제인 것 같았다. 이불이 침대에서 떨어지지 않고 잘 덮고 자면 감기가 걸리지 않을 것 같았다. 해결책을 발견한 것이다.

나는 당장 이불의 네 귀퉁이를 고무줄로 묶은 뒤 끝에는 철사로 고리를 만들어 달았다. 그리고 침대에 누울 때면 고무줄 끝에 달려 있는 고리를 침대 모서리에 걸었다. 그렇게 하니 잠자는 동안 이불이 침대에서 떨어지는 일이 없었다. 그리고 감기로부터도 해방될 수 있었다.

학교 연구실에서 늦게까지 연구하는 버릇 때문에 지장을 받는 것이 또 있었다. 다음날 아침 학교 수업에 늦는 경우가 가끔씩 생겼던 것이다. 워낙 새벽 늦게 잠이 들었기 때문에 자명종을 침대 옆에 놓고 자도 듣지 못하는 사태가 계속해서 발생했다. 또 다시 해결책을 찾기 시작했다. 문제가 있으면 해결해야 하니까!

나는 고심 끝에 자명종에 전기 스위치를 달아서 전기 초인종과 연결하는 방법을 고안했다. 그리고 자명종의 전기 스위치를 침대에서 멀리 떨어진 곳에 놓고 잠을 잤다. 그러다보니 아침에 정해진 시간에 자명종이 울리면 자동적으로 전기 초인종의 스위치가 연결되어 온 연구실이 시끄러워졌다. 아무리 잠귀가 어두운 사람이라도 그 시끄러운 소리에 일어나지 않고는 못 배길 정도였다. 그 소리를 멈추려면 침대에서 멀리 떨어진 곳까지 걸어가 초인종의 스위치를 꺼야만 했다. 기상 방법으로는 최고였다.

그런데 소리가 너무 요란한데다 연구실의 비상벨 소리와도 비슷해서, 처음에는 아침마다 수위 아저씨들이 연구실 쪽으로 달려오곤 했다. 하지만 올라와도 아무 이상이 없자 그냥 헛걸음을 하고 내려갔다. 거짓말쟁이 양치기 소년에 속아서 올라온 선량한 동네 주민들 격이었다. 몇 번을 반복하다 보니 아저씨들 심기도 불편해졌다. 그래서 나는 수박 한 통을 사들고 내려가 사정 이야기를 해서 양해를 얻었고, 그 뒤부터는 지각도 하지 않고, 아저씨들을 놀라게 하지도 않고 잘 지낼 수 있었다. 역시 필요는 발명의 어머니다!

고려시대에도 로켓이 있었다고?

　고등학교 시절 국사 공부를 할 때였다. 무심코 책을 읽다가 나는 정신이 번쩍 들었다. 책에서 다음과 같은 글을 본 것이다.

　고려 말에 최무선이 화통도감을 왕에게 건의하여 만들고 이곳에서 화약무기를 만들었다.

　한창 로켓에 관심이 집중됐을 때였기 때문에, 나는 새로운 호기심이 생겨났다. 더 자세히 파헤치고 싶었다. 그래서 최무선이 화통도감에서 만든 화약무기의 종류를 확인하기 위해 좀 더 두꺼운 역사 참고서를 찾아보았다. 화전을 비롯해서 열여덟 종류의 화약무기 이름이 적혀 있었다. 그러나 이름만 있을 뿐 구체적인 내용은 찾아볼 수 없었다. 다만 그동안 많이 읽어 본 우주 과학 책에서 '1232년경 중국에 만든 화전(火箭)이 세계 최초의 로켓'이라고 소개하고 있었기 때문에 최무선이 중국의 화전을 모방해서 만들었다면 고려의 화전도 우리나라 최초의 로켓일 가능성이 높다는 생각이 들었다.

‘고려시대에도 로켓이 있었단 말인가?’

의문이 꼬리를 물었지만 고등학생 입장에서 학문적으로 더 깊이 알기란 쉽지 않았다. 게다가 대학입시라는 관문도 남아 있었기 때문에, 구체적인 연구는 대학에 들어가서 해 보기로 하고 잠시 미뤄 둘 수밖에 없었다.

나는 한번 마음먹은 것은 웬만해서는 포기하지 않는다. 대학에 입학한 후, 나는 곧바로 최무선의 ‘화전’에 관한 자료들을 찾아보았다. 그러나 내가 알고 있던 것 이상의 자세한 자료를 찾을 수는 없었다. 그래서 사학과의 교수님을 찾아뵈었더니 교수님은 이렇게 말씀했다.

“최무선의 화전에 관한 연구는 지금까지 안 되어 있는 것 같네. 더 자세히 알고 싶으면 학생이 직접 연구하는 수밖에 없어.”

지금까지 우리의 화전에 대한 연구가 없었다고? 그 순간 나는 머릿속에 전구가 환하게 들어오는 느낌을 받았다.

‘아무도 하지 않았다면 내가 해 보리라!’

평생 로켓을 연구하기로 마음먹은 내가 우리 옛 로켓의 기원을 찾는 연구에 한번 도전해 보기로 결심을 하게 된 것이다. 그 이후 좀 더 적극적으로 관련 자료들을 찾아 나서기 시작했다. 우선 성심

여자대학교로 가서『한국과학기술사』라는 책을 쓴 전상운 교수님을 찾아뵙고 우리나라의 옛 화기에 대한 연구를 하고 싶다는 말씀을 드렸다. 그러자 교수님은 육군사관학교에 계신 허선도 교수님을 소개했다. 날을 잡아서 공릉동에 있는 육군사관학교로 허선도 교수님을 찾아갔다. 그런데 허 교수님은 얼마 전 국민대학교로 옮기셨다는 것이었다. 헛걸음이었다. 나는 다시 발길을 돌려야 했다. 마치 내가 고수를 찾기 위해 무림을 헤매는 무사 같다는 생각이 들었다.

1972년 봄, 정릉의 언덕 위에 있는 국민대학교에서 나는 국내 고화기 연구의 대가인 허선도 교수님을 만나 뵈었다. 그리고 우리 옛 로켓을 찾기 위해 화약무기에 대해 연구하고 싶다는 내 꿈을 말씀드렸다. 나는 지금도 그날을 잊을 수가 없다. 교수님이 겨우 대학교 2학년생일 뿐인 내게 진지하게 학자의 연구 태도와 학문하는 태도에 대하여 두 시간도 넘게 말씀해 주셨기 때문이다.

"어떤 분야를 처음 연구할 때는 어려움도 많고 희생도 많이 따를 뿐만 아니라 빛도 안 나지만 열심히 노력하면 좋은 결과가 나오고 보람도 있다네. 그리고 처음에 연구하는 사람이 없으면 그 뒤를 이어서 하는 사람도 없어 연구를 마무리 지을 수가 없지. 그러니 자기보다 앞서 먼저 기초를 연구한 사람들의 결과를 인정하고 그것을 바탕으로 연구를 발전시켜야 한다네. 요사이 연구하는 사람들을 보면 선배들이 연구한 기초 연구도 모두 자기가 한 것처럼 하는데 이것은 문제가 많은 연구 태도지. 그렇게 하면 누가 기초 연구를 먼저 하려고 하겠는가? 그리고 선배가 연구한 것까지 자기가 했다고 하여도 남들은 누가 먼저 연구했는지 다 알게 된다네. 결국 자기만 양심이 없는 학자가 되는 것이야.”

정작 학자가 된 이후에도 나는 그 누구에게도 이런 말을 들어 본 적이 없었다. 지금까지 살아오며 이러한 이야기를 내게 해 준 분은 허 교수님이 처음이자 마지막이었다. 교수님은 끝으로 내게 큰 용기가 되는 말씀도 하셨다.

“학생이 이런 분야에 관심을 갖고 연구를 하겠다고 타 대학의 교수를 찾아온 것만 봐도 자네는 잘 할 수 있을 것 같으니 한눈팔지 말고 한번 열심히 해 보게! 자네는 꼭 성공할 수 있을 것 같구먼.”

그리고 헤어질 때는 그동안 직접 연구하시며 쓴 논문까지 챙겨 주시고 화기 관련 외국 참고 서적도 선뜻 빌려 주셨다.

선생님의 말씀은 대학을 졸업하고 대학에 교수로 근무할 때나 미국에서 공부할 때, 그리고 지금도 연구소에서 연구를 하면서 어려운 일이 생길 때마다 나에게 용기를 주고 나의 학문하는 자세를 가다듬게 해 준다.

시작은 했지만 우리의 옛 로켓 연구는 생각처럼 쉽지 않았다. 더구나 경험도 없는 대학생이 처음 해 보는 연구인데다, 별도로 누가 연구비를 지원해 주는 것도 아니어서 더욱 어려웠다. 나는 가정교사로 일하며 번 돈과 과학 잡지에 글을 쓰고 받은 원고료를 아껴서 관련 문헌들을 복사해 가며 겨우겨우 연구를 진행했다. 그러니 내 생활에는 한푼의 여유도 없었다.

육체적으로도 고달팠다. 고서적은 국립중앙도서관이나 대학 도서관 또는 규장각 등에 보관되어 있는데 대학생들에게는 쉽게 빌려 주지도 않고 복사하기도 무척 어려웠다.

하루는 고문헌을 복사하기 위해 남산에 있는 국립중앙도서관으로 갔다. 한여름이었는데, 버스를 타고 을지로까지 가서 남산 중턱에 있는 국립중앙도서관까지 땀을 뻘뻘 흘리며 걸어 올라가서 돈이 없으니 필요한 부분의 자료만 복사해서 가져왔다. 그런데 연구를 하다 보니 복사해 온 그 다음 한 장이 더 필요하지 뭔가. 땡볕 아래 또 다시 남산의 중앙도서관까지 걸어 올라갈 생각을 하니 끔찍했다. 하지만 별 수 있나? 나는 다시 그 길을 걸어 올라가서 한

장을 더 복사해 가지고 내려왔다.

이 분야의 연구는 국내에서 처음 하는 연구라 다른 분들로부터 도움을 받을 수도 없었다. 우리의 옛날 화약무기에 대해 기초연구를 많이 하신 허선도 교수님도 전공이 역사여서 옛날 우리나라 화기의 구조나 발사 원리와 같이 공학적이거나 과학적인 부분에 대해서는 잘 모르셨다. 사정이 이러니 이 세상에는 아무도 최무선의 화전이 로켓인지 아닌지 알고 있는 사람이 없다는 생각이 들었다. 쉽게 생각하고 시작했던 일이 처음부터 큰 벽에 부딪친 것이었다.

그런 상황에서 내가 할 수 있는 것이란 문제가 해결될 때까지 물고 늘어지는 것뿐이었다. 늘 머릿속에는 이에 대한 생각뿐이었다. 그런데 직접 몸으로 부딪혀 보니 생각지 않게 해결되는 것도 있었다. 연구라는 것을 계속하다 보니 가속도가 붙어 미처 생각하지 못했던 것도 해결되곤 했다. 하나씩 의문이 풀리고 새로운 사실들이 밝혀질 때마다 나는 미지의 세계를 연구하는 학자들의 희열을 조금씩 맛볼 수 있었다. 이 세상에서 아무도 모르고 있는 것을 혼자만 알게 되었을 때의 짜릿한 희열은 다른 무엇과도 바꿀 수 없는 큰 선물이었다. 나는 과학자나 학자들이 평생을 연구실에서 보내는 이유를 어렴풋이 알 것 같았다. 바로 이 맛 때문에 평생 연구하는 것 같았다.

1972년 여름, 허선도 교수님이 주신 화기 관련 논문과 책을 읽어 보니 다음과 같은 글이 눈에 들어왔다.

"『국조오례서례國朝五禮序例』의 『병기도설兵器圖說』은 조선 초기의 각종 화약무기에 대하여 그림과 함께 설명되어 있는 아주 귀한 책이다."

그후 나는 국립중앙도서관에서 보관하고 있는 『국조오례서례』의 『병기도설』을 보기 위해 남산으로 올라갔다. 쉽게 빌려 볼 수 있으리라고 생각했던 고서적은 대학생에게는 대출이 되지 않았다. 그래서 도서관 직원에게 한참 애걸도 하고 보여 줄 때까지 도서관에서 안 나가겠다고 협박도 해 가며 겨우 볼 수 있었다.

책의 표지는 누렇게 빛이 바래 있었다. 1474년에 출판된 것이었으니 이미 나이가 오백 년은 넘은 책이었다. 『병기도설』은 조선 초기에 우리나라에서 독자적으로 개발한 열여덟 종의 각종 화약무기에 대해서 그림과 함께 설명하고 있었다.

우선 나는 '화전'을 찾아보았다. 몇 장을 넘기다 보니 화전이 그림과 함께 나왔다. 그림에 있는 조선 초기의 화전은 화살의 앞부분에 긴 화살촉이 달려 있고 화살촉의 중간에 화약을 뭉쳐 붙인 단순한 불화살의 한 종류였다. 그림만 보아도 로켓이 아닌 것이 확실했다. 이 책이 편찬된 1474년경의 화전이 단순한 불화살이라면, 이보다 백 년 전에 만들어진 최무선의 화전도 단순한 불화살이었을 것이다. 최무선이 만든 화전이 로켓이 아니라는 것이 자연스럽게 밝혀진 것이다.

사실 나는 최무선이 만든 각종 화약무기들이 중국의 영향을 많이 받아 만들어졌기 때문에 최무선이 만든 화전 역시 중국의 화전과 같은 로켓이라고 생각했다. 그런데 몇 년 동안에 걸친 연구 결과 최무선이 만든 화전이 중국의 것과는 달리 로켓이 아닌 단순한 방화용 화약무기라는 것이 밝혀지니 온몸에 힘이 빠졌다. 그 동안 허깨비만 찾아다닌 꼴이 아닌가? 공연히 시간만 낭비했나 싶었다. 그러나 우리나라의 옛 로켓 찾기를 포기할 수는 없었다.

그래서 혹시 화전 이외에 다른 화약무기 중에 로켓과 비슷한 무기는 없나 해서 『병기도설』을 맨 앞에서부터 다시 차근차근 살펴보았다. 얼마를 넘겼더니 중국의 초기 로켓과 비슷한 구조의 그림이 설명과 함께 보였다. 그 그림 옆에는 '중신기전(中神機箭)'이라는 무기의 이름이 크게 적혀 있고, 옆에 설명이 자세하게 있었다.

'이거야! 바로 이거야!'

그것이 바로 내가 찾았던 우리의 로켓이었다. 우리나라에도 로켓이 있었다는 사실이 문서상에 버젓이 나타나 있었던 것이다. 정말이지 그때의 기쁜 마음을 어떻게 표현할 수 있을까? 옆에 있는 아무나 붙잡고 자랑하고 싶고 목이 터져라 하늘에다 소리 지르고 싶은 그런 심정이었다. 정말 행복했다. 이 세상에서 단 한 사람, 나 혼자만이 옛날 우리 조상들이 로켓을 만들어 사용했다는 사실을 발견했다고 생각하니 황홀할 정도였다. 그 기쁨이란 그때까지 내가 이 세상을 살면서 맛본 그 어떤 기쁨과도 비교할 수 없으리만치 컸다.

학회에서 처음 발표된 우리 로켓

내가 우리 옛 로켓을 연구하는 데 가장 중요했던 자료는 『국조오례서례』의 『병기도설』로 세종과 문종 때 개발한 화약무기들의 설계도를 모아 놓은 책이다. 이 책은 척(尺), 촌(寸), 분(分), 리(釐)의 단위를 이용하여 각종 화기의 크기와 구조를 설명하고 있다. '1리(釐)'는 0.3밀리미터에 해당하는 아주 작은 길이로, 당시 우리의 정밀과학 수준이 세계 최고 수준이었음을 잘 말해 주고 있다.

연구 결과 우리나라 최초의 로켓은 고려의 '화전'이 아니고 '달리는 불'이라는 뜻의 '주화(走火)'였으며, 세종 때에 '신기전(神機箭)'이라는 이름으로 바뀌었다. 신기전 중 가장 큰 '대신기전'은 종이로 약통을 만든 로켓 중에는 세계에서 가장 큰 로켓이었다. 그리고 중·대신기전의 약통 앞부분에는 발화통이라는 폭탄이 달려 있었다. 신기전은 폭탄이 달린 최초의 로켓이었다. 세계 최초의 로켓탄, 즉 미사일이었던 것이다. 뿐만 아니라 문종은 이동식 다량 로켓 발사대인 '화차(火車)'를 직접 개발해 신기전을 백 발씩 장전해 발사할 수 있도록 했다.

주화, 신기전 등 우리 옛 로켓에 대한 연구는 대학 4학년 여름쯤에야 마무리됐다. 대학교 2학년 때 쓴 『로케트와 우주여행』에도 일부 포함시키긴 했지만, 그 이후로도 한참을 더 파고들어야 했다.

나는 몇 년간 진행한 연구를 1974년 12월 「조선 신기전 연구— 한국 최초의 로케트」라는 제목으로 우선 대학교의 문화상 후보로 제출했다. 당시의 문화상 제도는 경희대학교의 학생과 교직원이면 누구나 응모할 수 있었는데 응모 분야는 학술상 부문, 예술상 부문, 과학상 부문 등 5개 분야였다. 상은 수, 우, 미, 양 급으로 나누어 '수' 급은 4년 장학금이나 그에 해당하는 상금을, '우' 급은 3년 장학금이나 그에 해당하는 상금을 수여하는 무척 큰 상이었다.

제15회 문화상의 결과는 1975년 3월 29일에 발표되었는데 결과를 보고 나는 실망하고 말았다. 학교 신문에 발표된 내 논문에 대한 심사평은 다음과 같았다.

> "한국에서 최초로 시도한 논문으로 학생 작품의 범주를 벗어난 수준으로 높이 평가되어 문화상이 시작된 이래 초유로 수, 우 급 물망에 올랐으나(예비심사에서는 유일한 수 급) 문헌제시의 미흡 등 인용한 기록의 부분적 언급 소홀로 아깝게 '미' 급에 머물렀다."

심혈을 기울여서 오랫동안 준비한 논문이 겨우 '미' 급 정도로 평가받았다는 것에 내심 아깝고 섭섭했지만 할 수 없었다.

나는 논문을 들고 국민대학교의 허선도 교수님도 찾아뵈었다. 교수님은 그동안의 내 노고를 치하해 주시며, 역사학회에 우리의 고대 로켓 연구 논문을 발표할 생각이 있으면 주선을 하겠다고 말씀하셨다. 나는 기꺼이 부탁을 드렸다.

얼마 후 역사학회 회장인 이기백 교수님으로부터 연락이 왔다.

논문을 가지고 댁으로 찾아오라고 했다. 논문을 보완하여 댁으로 가지고 갔더니, 이기백 교수님께서는 논문을 보시고 역사학회에서 발표를 하고 역사학보에 나의 논문을 실어 주겠다고 했다. 역사학을 전공하지 않은 사람이 쓴 논문이 역사학회에서 발표되고 역사학보에 실리다니 큰 영광이었다. 고맙게도 내 논문 내용은 이기백 교수님께서 당시에 쓴『한국사신론』이라는 책에도 인용되었다.

1975년 11월 22일, 서울 남산 기슭에 있는 국사편찬위원회 강당에서 우리나라 로켓에 관한 논문 발표회가 있었다. 발표 준비를 하고 있는데 '한국일보'의 이광영 기자로부터 연락이 왔다.

"채 군! 이럴 수가 있나요? 오늘 취재해서 내일 아침 신문에 내려고 생각하고 있었는데 아직 발표도 안 한 논문이 벌써 오늘자 석간신문인 경향신문에 기사가 나왔으니 이거 어떻게 된 것입니까?"

나는 당혹스러웠다. 내 논문에 대한 자료들이 배포되자 각 언론사에서 뜨거운 관심을 보였다. 나는 이렇게 언론의 주목을 받은 적이 없어서 어떻게 처신해야 할지 잘 몰랐다. 그 일도 단지 전날 경향신문의 강신구 기자가 보자고 해서 만나 자세히 설명을 했을 뿐이었다. 대학원생이 연구한 것을 신문사 기자가 자세히 설명을 해 달라고 하는데 안 만날 이유가 없었다. 하지만 그 일 때문에 당시

『학생과학』 잡지사에서 자주 만나서 나를 동생처럼 대하던 이광영 기자에게는 무척 미안한 일이 되어 버렸다. 그러나 나로서는 어쩔 수 없는 일이었다.

이날 내 논문은 제182회 역사학회 월례 발표회에서 「주화(走火) 및 신기전(神機箭)―한국 초기(1377~1600)의 로케트 연구」라는 제목으로 발표됐고, 그날 경향신문의 사회면 톱 기사로 크게 소개됐다. 기쁜 일이었다.

고려 말기에 로켓 있었다 - 역사학회 월례 발표회에서 밝혀

우리 선조들이 고려말기부터 이미 로켓을 발명, 사용했다는 새로운 사실이 한 과학도의 4년에 걸친 끈질긴 조사로 밝혀졌다.

경희대 채연석 군(23.공대대학원 1년)이 22일 역사학회 월례 발표회(국사편찬위원회)에서 「한국 초기 로켓 연구」를 발표, "고려시대 최무선이 발명한 주화는 세계에서 네 번째로 오래된 로켓이며 세종 때 개발된 대신기전은 가장 정교한 세계 최초의 대형 미사일 로켓이었다"고 주장, 학계의 비상한 관심을 끌었다. (…)

또한 대신기전은 세계 최초 대형 로켓인 영국의 종이 추진제통 로켓,

6-pounder 로켓(1805년 콩그리브가 제작. 무게 2.7kg)보다 규모가 더 크고 360년이 앞섰다는 사실과 세종 다음인 문종조에는 1백 개의 신기전을 동시에 발사할 수 있는 세계 최초의 이동식 로켓 발사대인 화차가 발명되었다는 사실이 이 연구에서 아울러 밝혀졌다.

채 군은 최무선의 주화에 대한 자세한 기록은 없으나 『화포식언해』에 신기전이 주화와 같다고 했고 화살이 총통(총)과 같이 곧지 못하며 밤 싸움에 광엽이 하늘에 비치고 화약을 너무 많이 소비하여 총통과 다르다고 기록하고 있는 점 등을 들어 "주화가 고려 이후 이조 초기까지 쓰여 왔다가 세종 때에 이름을 신기전으로 바뀌었을 가능성이 있다"고 말하고 "주화는 최초의 로켓이다"고 결론을 내렸다. 이 로켓은 종이로 만든 것이어서 파괴력보다는 화염과 굉음으로 적에게 겁을 먹게 하는 것으로 쓰였을 가능성이 크다고. 또 『세종실록』 등의 기록을 보면 변방에서 신기전을 하루에 1만여 개씩 보내 달라는 기록과 세종 20년 이후 3년 동안에 5만 개가 제작된 것으로 보아 실전에 널리 쓰였다는 것이다. 실제 1497년 李시애난 때 이 로켓을 사용한 기록이 전해지고 있다. 채 군은 "문종 시대에는 전국에 화차를 6백 대나 보유했었다"고 강조했다.

역사학회에서의 논문 발표가 끝나고 참석한 분들의 질문이 있었는데 그중 하나는 "세종 때 우리나라에 그렇게 훌륭한 무기가 있었는데 왜 그후 계속 발전되지 못했느냐?"는 것이었다. 그런데 이 질문을 듣는 순간 속으로 화가 났다. 사실 그동안 우리나라의 과학기술사에 대해 공부를 하면서 느낀 점은 우리나라의 훌륭한 과학기술의 역사 중 상당 부분, 즉 거북선, 첨성대, 고려금속활자, 측우기 등이 일본 학자들에 의해서 일제 강점기에 연구되고 밝혀졌는데 그 결론은 하나같이 세계적으로 우수하지만 이후에 계승 발전하지 못한 점이 아쉽다고 흠을 잡는 것이었다. 그래서 나는 힘주어 대답했다.

"계속 발전시키지 못한 것은 아쉬운 점이지만 그래도 우리 선조들이 이렇게 세계적으로 우수한 로켓을 만들었다는 것 자체만으로도 우리 선조들의 과학적인 능력이 뛰어났다는 것을 충분히 증명하는 것입니다."

이 논문의 내용은 그로부터 8년 후인 1983년 헝가리의 부다페스트에서 열린 제34차 국제우주비행연맹(International Astronautical Federation) 학술회의에서 「A Study of Early Korean Rockets(1377-1600); 한국 초기 로켓 연구」라는 제목으로 발표됐다. 세계에 우리 옛 로켓을 소개하는 순간이었다. 이것으로 15세기 중엽에 이미 한국에 세계적으로 뛰어난 로켓이 있었다는 사실을 국내외에서 학술적으로 인정받게 되었다.

다시 살아난 신기전

내가 대학에 다닐 때는 교련 시간이 있었다. 전쟁에 대비해 학생들에게도 일종의 군사훈련을 시키는 것이었다. 교련 수업은 다른 과 학생들과 합반으로 100~150여 명씩 큰 강당에서 진행됐는데,

초여름에는 덥고 지루해서 강의실 뒤편에 잠자는 학생들이 많았다. 어느 날 나도 뒷자리에 앉아 졸다가 깜빡 잠이 들었다. 꿈속에서 나는 타임머신을 타고 조선시대의 전함이 있는 어느 바닷가에 가 있었다. 전함 근처로 다가가서 배를 지키고 있는 수병을 만났다. 수병에게 혹시 이 배에 이순신 장군이 타고 있느냐고 물어 보았더니 그렇다고 했다. 나는 이순신 장군을 만나고 싶다고 했고, 그 수병은 내게 기다려 보라고 했다. 잠시 후 나는 이순신 장군을 만날 수 있었다.

이순신 장군 앞에서 나는 정중하게 인사를 하고 감히 이렇게 청했다.

"지금 제가 신기전을 연구하고 있는데, 혹시 배에 신기전이 있으면 발사하는 것을 보았으면 좋겠습니다."

그러자 이순신 장군은 옆에 있는 신하에게 신기전을 몇 발 발사하라고 명령했다. 졸병이 신기전 약통의 심지에 불을 붙이자 신기전은 불을 뿜으며 멋있게 바다로 날아갔다. 장관이었다. 신기전 연구를 하며 수없이 머릿속에 그리던 모습이 그대로 내 눈앞에 재현되고 있었다. 바로 그때, 나는 큰 실수를 한 것을 알았다.

"앗, 카메라……."

카메라를 안 가지고 간 것이었다. '카메라로 신기전이 비행하는 것을 찍어 보여 주면 신기전이 로켓이라는 것을 누구에게나 쉽게 이해시킬 수 있을 텐데……' 하고 아쉬워하며 나는 주머니에서 카메라를 찾아보았다. 그 순간 누군가 나를 부르는 소리에 잠에서 깨고 말았다. 깨어나 보니 교련 교관이 나를 가리키며 자리에서 일어서라고 했다. 교관은, 수업 시간에 잠을 자면 되느냐고 하면서 두 손을 들고 있으라고 했다. 그 말에 나는 천연덕스럽게 이렇게 대꾸했다.

"잠깐 동안 잠을 잔 것은 사실이지만 그동안 꿈속에서 이순신 장군을 만났기 때문에 교련 시간과 관련이 없던 것은 아닙니다."

내 말에 강당은 온통 웃음바다가 되었고, 장난기가 발동한 교관은 나를 앞으로 나오라고 하더니 꿈 이야기를 해 보라고 했다. 나는 생생하게 내가 꾼 꿈 이야기를 했고 친구들은 환호성을 지르며 재미있어 했다. 내 꿈 덕분에 지루하던 교련 시간이 한순간에 화기애애하게 변했다.

그로부터 여러 해가 지난 어느 날, 나는 꿈속이 아니라 현실 속에서 신기전의 발사 모습을 볼 수 있게 되었다. 옛 로켓을 찾아내고 연구하다 보니 언제인가 기회가 오면 옛날처럼 복원하여 발사 시험을 하고 싶다는 마음도 품게 되었다. 로켓이란 설계도만으로 그치는 것이 아니라 불을 뿜으며 하늘로 날아가야만 생명력이 있는 것이기 때문이다. 종이 위에 아무리 잘 그려 보아야 그림에 불과한 것이다. 우리의 옛 로켓인 신기전이 옛날처럼 복원되어 불을 뿜으며 하늘로 날아가는 것은 상상만 해도 신나는 일이었다.

그것을 현실로 이룰 수 있는 기회는 대전 엑스포가 열리던 1993년에 찾아왔다. 당시 나는 대전 엑스포 '93의 우주분야 자문위원으로 일하면서 신기전과 화차를 복원하여 시험하고 전시하는 프로젝트를 추천했다. 엑스포 전시위원회는 박람회 때 우리 과학의 우수성을 전 세계 사람들에게 보여 주자는 내 의견을 받아들였다. 이에 삼성항공에서 화차와 신기전을 복원하는 데 필요한 연구비를 지원하기로 했다.

나는 어깨에 날개가 돋는 듯 설레었다. 1991년부터 시작된 복원 작업은 1992년 11월 인천의 한화 공장에서 예비 발사시험을 성공리에 끝마쳤다. 그리고 1993년 4월 29일 엑스포 개최 100일 전 기념행사로 대전 연구단지 내의 중앙과학관 앞 갑천 고수부지에서, 엑스포 조직위원장, 삼성항공사장, 항공우주연구소 소장 등 이백여 명이 지켜보는 가운데 성공적으로 100발의 신기전이 발사됐다.

이동식 발사대 화차에 장착된 100발의 중·소 신기전은 점화와 동시에 100미터에서 200미터까지 날아갔다. 세종 때 만들어진 것을 생각하면 그로부터 545년 만에, 그리고 내가 우리의 옛 로켓 연구를 시작한 22년 만에 신기전이 다시 살아난 것이다! 대덕 연구단지 하늘을 날아가며 위력을 뽐내던 신기전의 모습을 보며 나는 가슴이 찡했다.

그리고 그로부터 십여 년이 지난 후, 나는 신기전이 발사되는 모습을 또 다시 볼 기회가 있었다. 이번에는 영화 촬영장에서였다. 2003년 가을, KnJ라는 영화사의 이승렬 프로듀서가 연락을 했다. 신기전을 주제로 영화를 만들고자 하는데 자료를 제공할 수 있느냐는 것이었다. 나는 무척 반가웠다. 아직까지도 우리 선조들이 세계적으로 훌륭한 로켓을 만들어 사용했다는 사실을 모르는 사람들이 너무나 많은데, 영화라는 대중매체를 통해 소개가 된다면 그 파급효과가 더욱 클 것이라 생각했기 때문이었다. 그래서 관계자들을 수차례 만나서 관련된 이야기를 들려주고 자료도 제공했다. 얼마 후에는 김유진 감독과 이만희 작가가 대전의 연구단지로 찾아와 많은 이야기를 나누기도 했다.

영화 한 편이 만들어지는 과정도 연구 논문 한 편 만들어지는 과정 못지 않게 길고 힘든 것 같았다. 얼마간 연락이 없더니 미국에 방문교수로 나가 있을 때인 2007년 1월경에야 시나리오를 받아 보게 되었고, 필요한 사항들을 자문했다. 내가 7월 달에 귀국했을 때는 이미 촬영이 진행되고 있었고, 몇 차례 촬영 현장을 방문했다. 실제로 내가 가지고 있는 복원된 옛날 화약무기들도 촬영에 제공했다. 내가 연구해서 이 세상에 처음 밝힌 자랑스러운 우리나라의 옛 로켓 신기전이 영화로 만들어진다는 것은 그 자체만으로도 이것을 연구한 사람으로서 큰 영광이었다.

영화 촬영 현장에 직접 가 보고서 영화 제작팀이 영화를 만들기 위해 얼마나 고생을 하는지 비로소 알 수 있었다. 우리야 극장에 가서 편안하게 영화를 보지만 영화 제작에 최첨단 최신 장비가 동원되고 돈도 많이 들어갈 뿐만 아니라 정성을 많이 들여야 한다는 것을 처음 알게 되었다. 영화는 찍는 게 아니고 장면을 하나씩 정성껏 만든다는 생각이 들었다.

한번은 경상북도 안동의 낙동강 가에서 대신기전을 처음으로 발사하며 전투하는 장면을 촬영하는 날 현장을 찾아갔다. 영화사 관계자가 귀띔하기를 날씨가 갑자기 추워져서 내복을 입지 않으면 강가의 촬영장에서 5분도 있기 힘들다고 했다. 아침을 일찍 먹고

안동시장으로 나가서 내복을 사서 껴입고 촬영장으로 갔다. 촬영 내용은 압록강 가에서 오랑캐와 싸우는 장면이었다. 그런데 정말로 겨울에 압록강 가에서 전투를 하는 것처럼 차가운 바람이 옷 사이를 뚫고 들어왔다. 복원한 신기전이 날아다니고 조선시대 복장을 한 장군들이 말을 타고 떼 지어 다니며 전투하는 모습을 보니, 마치 600년 전의 압록강으로 타임머신을 타고 날아간 기분이었다. 영화 〈신기전〉에서 이 장면이 클라이맥스인데 실제로 영화를 보니 정말 대단했다. 대신기전의 발사 장면이 너무 대단해서 영화에서 과장한 것이 아니냐고 할 정도였다.

아무쪼록 우리의 많은 청소년들이 이 영화를 통해 우리 민족의 과학기술 재능에 대해 긍지와 자부심을 가졌으면 좋겠다. 우리나라가 지난 60년 동안 세계적인 경제 기적을 일으킬 수 있었던 원동력도 바로 우리 민족의 핏속에 흐르는 과학기술 재능이었고, 갈수록 어려워지는 국제환경 속에서 우리가 의지할 수 있는 것도 바로 과학기술뿐이라는 것을 알게 되었으면 하는 바람이다.

한국 최초의 로켓, 최무선의 '주화'

한국 최초의 로켓은 고려시대 최무선이 만든 '주화'였다. 이 '주화'에 대한 자세한 설명이나 그림은 전해지지 않는데, 세종 시기에 편찬된 책들을 살펴보면 이 '주화'가 한국 최초의 로켓이라는 사실을 알 수 있다.

세종 30년(1448년), 세종은 그동안 개량한 갖가지 총, 대포, 화약무기, 발사물 등을 종합해 그 크기와 제작방법 등을 함께 기록한 『총통등록』이라는 책을 편찬한다. 불행하게도 이 책은 지금까지 전해지지 않지만, 불행 중 다행으로 1474년에 편찬된 『국조오례서례』의 『병기도설』에는 『총통등록』에 기록된 모든 종류의 화약무기를 그림과 함께 자세히 설명해 놓았다. 여기에는 각종 총, 대포, 화살, 발화통(發火筒), 지화(地火), 화차(火車), 화전, 그리고 로켓 신기전 등 당시의 화약무기 36종류가 실려 있다.

여기서 언급된 '신기전'의 구조를 자세히 보면, 신기전이 고려의 주화를 개량한 우리의 로켓이라는 사실을 발견할 수 있다. 또 『화포식언해』라는 조선의 화학무기 책에는 "주화의 약통와 신기전의 약통은 서로 같다"라고 적고 있다. 『세종실록』의 기

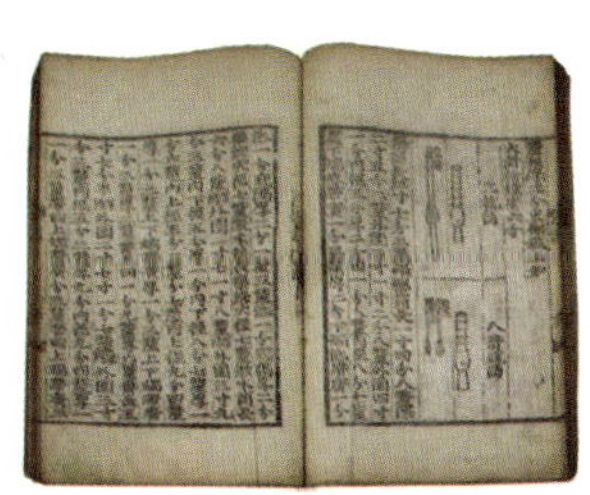

『국조오례서례』의 『병기도설』은 신기전 등 모든 종류의 무기를 상세한 설계도와 함께 설명하고 있다.

록 등을 종합해보면, '주화'는 1448년 전후로 '신기전'이라는 이름으로 불리게 된다.

세계 최대의 종이통 로켓, 대신기전

『병기도설』을 보면, 대신기전, 중신기전, 소신기전, 산화신기전 등 4가지 신기전의 크기와 구조를 자세히 알 수 있다. 우선 대신기전부터 살펴보자.

대신기전의 약통(추진제통)은 종이로 만들어졌다. 화약을 넣어 위 끝을 종이로 여러 겹 접어 막고 그 위에 종이폭탄인 '대신기전 발화통'을 올려 놓는다. 약통의 윗면과 발화통의 아랫면 중앙에 각각 구멍을 뚫어 약선(도화선)으로 연결한다. 발화통까지 포함한 대신기전의 전체 길이는 약 5.6미터로, 초대형 로켓이다.

대신기전과 산화신기전은 주로 압록강과 두만강가에서 건너에 진을 치고 있는 오랑캐들을 공격하기 위해서 사용된 것으로, 사정거리는 500미터 이상으로 추측되고 있다.

세계적으로 보면, 신기전은 종이로 로켓의 몸통(엔진)을 만든 로켓 중 세계 최대 규모의 로켓이었다. 외국에서 이만큼

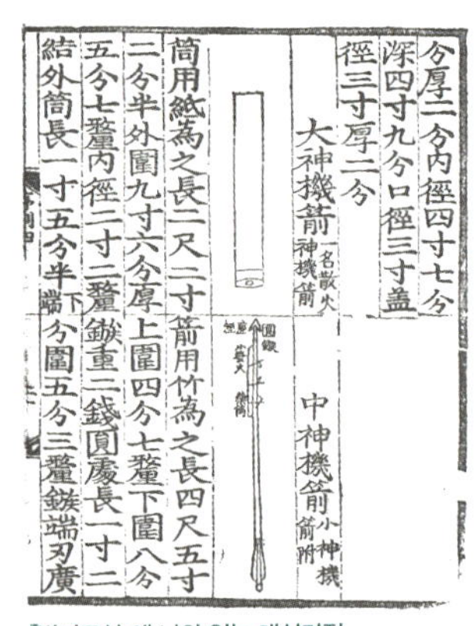

『병기도설』에 나와 있는 대신기전

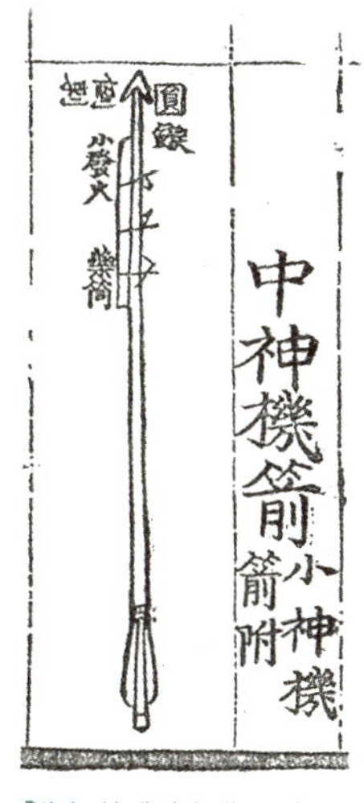

「병기도설」에 나와 있는 중신기전

큰 로켓은 350년쯤 후인 1805년 영국의 콩그리브 (William Congreve)가 제작한 6파운더(Pounder) 로켓이다. 이 로켓의 약통은 길이가 55센티미터, 지름이 11센티미터로, 안정막대를 포함한 전체 길이는 4.3미터이다.

대신기전을 응용하여 '불을 흩어 놓는 신기전'이라는 뜻을 가진 '산화신기전(散火神機箭)'도 만들었는데, 전체적인 크기는 대신기전과 같다. 다만 산화신기전은 '대신기전 발화통'을 사용하지 않고 약통의 윗부분을 비워 놓고 그곳에 여러 개의 작은 로켓인 지화(地火)와 작은 종이폭탄인 소발화(小發火)를 서로 묶어 점화선으로 연결한 점이 다르다. 목표 지점에 산화신기전이 도착할 때쯤이나 도착한 이후 불이 소형 로켓인 지화에 점화되어 사방으로 흩어지며 폭발하게 설계된 무서운 로켓이다.

중신기전은 길이 4척 5촌(146센티미터)의 대나무 화살이며, 앞부분에 길이 6촌 4분(20센티미터)의 약통을 달고 있다. 맨 앞에는 회살촉을 달았고, 맨 끝에는 새 깃으로 만든 날개를 달고 있다. 약통의 밑에 분사 구멍이 뚫려 있으며, 약통의 윗부분에는 수발화라는 소형 폭탄이 장치되어 있다. 시정거리에 대한 자세한 기록은 없지만 그 크기로 보아 200미터 정도 날아갈 수

있었던 것으로 짐작된다.

소신기전은 신기전 중에서 가장 작은 막내 신기전이다. 길이 100센티미터의 대나무를 안정막대로 사용했으며 맨 앞에는 중신기전과 같이 쇠 촉을 달았고, 촉에서 조금 뒤로 떨어진 부분에 약통을 달았다. 맨 아래에는 새 깃을 달았다. 약통에 1분 3리(4밀리미터)의 분사 구멍이 뚫려 있으며, 사정거리는 100미터 내외로 추측된다.

과학적이고 독창적인 이동식 로켓 발사대, 화차

신기전의 발사틀이 제대로 연구 개발된 것은 문종(文宗)이 화차(火車)를 개발한 다음부터이다. 이 화차는 로켓 신기전 100발을 차례대로 발사할 수 있는 신기전 발사틀과 세전(細箭) 200발을 거의 동시에 발사할 수 있는 총통틀 중 하나를 설치했다.

이동식 로켓 발사대인 문종화차의 가장 큰 특징은 로켓의 발사 각도를 높일 수 있도록 고안된 점이다. 기존에 사용했던 수레의 발사 각도는 20도 정도밖에 되지 않았지만, 이 문종화차는 최고 40도까지 높일 수 있었다.

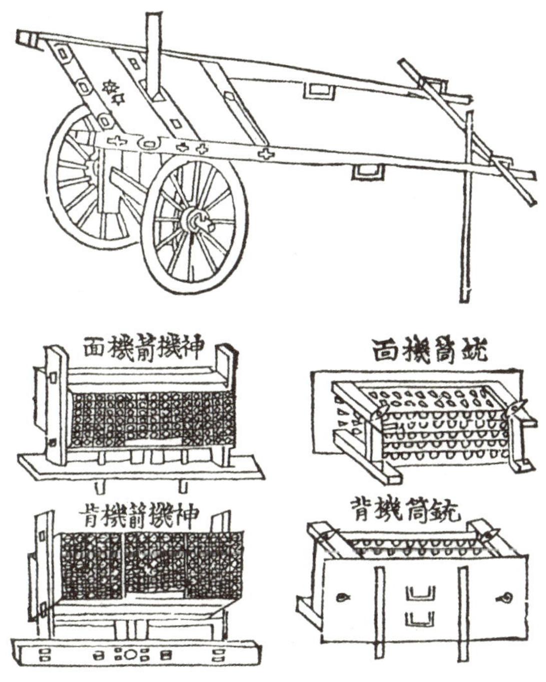

『병기도설』에 나와 있는 화차

발사각이 40도일 때 날아갈 수 있는 최대거리가 100미터라면 20도를 발사했을 때에는 65미터를 날아갈 수 있다. 그러므로 발사각을 20도에서 40도로 올려줌으로써 신기전의 비행거리는 35미터나 더 날아갈 수 있게 되었다.

문종이 발명한 문종화차

문종화차는 1451년 처음 제작된 후, 그해 총 700여 대가 제작되어 전국의 주요 해안 및 성문 앞에 배치되어 사용됐으며, 평상시에는 일반 수레로 사용됐다.

'귀신 같은 불화살', 신기전의 위력

그러면 신기전의 위력은 어느 정도였을까?

신기전은 화차를 이용하여 발사하면, 거의 동시에 100발의 신기전을 발사할 수 있었기 때문에, 한 사람이 한 번에 한 발의 화살밖에 쏠 수 없는 활이나 서너 발의 총알만을 쏠 수 있는 총과는 비교할 수 없을 정도로 무시무시한 위력을 과시했다.

더욱이 신기전에는 폭탄이 붙어 있어서 적을 놀라게 하거나 적의 진지를 불태울 수도 있었다. 그 당시 썼던 대포는 목표물에 충격을 주는 데에 그쳤

을 뿐, 신기전과 같이 목표물을 불태울 수는 없었다.

신기전의 엄청난 위력은 옛 기록에도 나와 있다.

"주화를 쏘면 맞는 자가 꼭 죽고, 그 날아가는 형상을 보거나 소리를 듣는 자들은 모두 두려워서 항복을 하고, 밤 싸움에 사용하면 분출가스의 빛이 하늘에 비치어 적의 사기를 먼저 빼앗는다. 복병이 있는지 의심스러운 곳에서 사용하면 연기불이 어지럽게 비춰 적의 무리들이 놀라고 겁에 질려 자신을 숨기지 못하고 노출시킨다."

또한 로켓의 앞쪽에 장치되어 있는 폭탄 발화통 속에는 전체 화약 무게의 27%에 해당하는 쇳가루가 들어 있었고, 이 쇳가루는 발화통이 터질 때 뜨거운 파편 구실을 했다. 발화통이 터질 때 뜨거운 쇳가루는 주위에 있는 적이나 말의 몸에 박혔다.

그래서 옛 기록에는 '신기전 응적최긴지물(神機箭 應敵最緊之物)', 즉 신기전은 적을 맞아 싸우는 데 가장 긴요한 물건이라고 했다.

1971년 8월, 한국일보에서 화성 접근과 관련한 사진을 찍겠다며 학생들을
불러보았다. 왼쪽에서 다섯 번째 남학생이 바로 나다.

대학에 입학한 나는 전국의 로켓 동아리 '한국우주로켓클럽'을 만들었다. 회원들은 대학생, 중학생, 고등학생 등 다양했다. 클럽 활동으로 서울의 난지도에서 소형 로켓을 만들어 발사 시험을 하곤 했다.

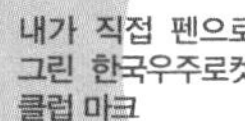

내가 직접 펜으로 그린 한국우주로켓 클럽 마크

1972년 4월 17일 난지도에서 로켓 발사 시험 준비를 마친 한국우주로켓클럽 회원들.
왼쪽부터 임계두, 김호신, 김연규, 김승찬, 채연석(나), 김철호, 이계호, 김형일, 이광세, 장시철.

1972년 4월 17일 난지도에서 쏘아 올린 화룡 1호 소형 로켓.

대학 시절 『학생과학』에서 아르바이트를 할 때. 『학생과학』에서 함께 일하던 분이 사진을 찍었는데, 나중에 사진을 건네 줄 때 뒷면에 '한국의 고다드 박사'라고 적어 놓아 쑥스러워했던 기억이 난다.

『학생과학』 사무실에서

『학생과학』 사무실에서 나는 자주 학생들에게 로켓에 대한 이야기를 들려주었다. 사진 속의 나는 재떨이를 들고서 우주와 로켓에 대해 이야기하고 있다.

나의 첫 저서 『로케트와 우주여행』

1972년 내가 쓴 첫 책 『로케트와 우주여행』이 문화공보부 우량도서로 선정되었을 때 기념사진을 찍었다.

대학생 시절 나는 『학생과학』에 '로케트 이야기'를 연재하기 시작했다. 이 글들을 모아서 정리한 것이 한 권의 책이 되었다.

『학생과학』 사무실에서 고등학생들에게 로켓에 대해 이야기하고 있다.

대학 시절 충청도로 농촌봉사활동을 갔을 때, 마을 주민이 가까운 곳인데도 멀게 돌아다니는 것이 안타까워 나의 설계와 지휘로 친구들과 함께 만든 무허가 콘크리트 다리.

1975년 11월, 대학원생 신분으로 역사학회 월례 발표회에서 '주화와 신기전의 연구'를 발표했다. 이날은 학계에서 처음으로 한국 최초의 로켓이 '주화'이며, 조선시대엔 '신기전'으로 발전했다는 것을 밝힌 날이다.

1975년 11월 22일, 경향신문 석간은 "고려말기에 로키트 있었다"는 제목으로 역사학회에서 발표한 나의 논문 내용을 크게 보도했다.

1975년 봄, 나는 「한국의 고대 로켓 연구」로 문화상을 받았다. 당시의 조영식 총장님이 문화상 메달을 걸어주고 있다.

문종왕릉을 방문했을 때 찍은 사진. 대학생 시절 한창 문종화차 를 연구하고 있던 나는 연구가 잘 풀리지 않아서, 혹시 문종왕릉 에 가 보면 화차에 관한 무슨 근거를 찾을 수 있지 않을까 하는 생 각에 구리시의 동구릉을 찾아갔었다.

대학원 시절

유한대학 교수 시절 연구실에서

대학원 졸업식 날.
나의 오른 편에 서 있는 분이 조병화 문리대 학장님이다.
아래 어린이는 조카 채수욱이다.

IV

더 큰
세상 속으로

드디어 한국 최초의 국산 액체추진제 로켓인 KSR-III가

서해안에 마련된 임시 발사장을 출발하여

231.8초 동안 79.5킬로미터를 성공적으로 비행했다.

몇 년 동안 백여 명의 연구원들과 산업체의 기술자들이

한마음으로 열심히 노력한 결과, 기초연구를 시작한 지 10여 년 만에

100% 국산 액체추진제 로켓이 드디어 하늘로 올라간 것이다.

어려서부터 꾸었던 불가능할 것 같았던 꿈이 드디어 이루어지는 순간이었다.

행주산성 화약무기 복원 프로젝트

경희대학교 물리학과를 졸업한 뒤 나는 대학원에 진학했다. 하지만 전공은 기계과로 바꿨다. 로켓 연구와 더 가까운 기계공학을 공부하고 싶었고, 그중에서도 열공학을 전공하고 싶었다.

대학 때 문화상에 제출한 한국 고대 로켓 연구가 '미' 급을 받은 덕분에 어느 과로 진학하든지 2년 동안의 등록금이 면제됐고, 부담 없이 공부하고 싶었던 기계과를 선택했다. 앞으로 로켓을 본격적으로 연구하려면 기계공학에 관한 지식이 많이 필요할 것 같아서였다. 대학원에 간 이후에도 우리의 옛 로켓에 관한 관심은 식지 않아서 각종 자료들을 살피는 것을 잊지 않았다. 대학원에서는 논문 '고체추진제 로켓 연소실벽에서의 열전달에 관한 연구'를 제출해 석사학위를 받았다.

대학원을 졸업한 이후, 1979년 봄부터 나는 유한대학 기계과의 전임강사로 일하게 되었다. 그때의 내 생활도 대학 시절이나 대학원 시절과 크게 다르지 않아서, 방학 때면 일주일에 겨우 한두 번 정도 집에 가고 대부분의 시간을 학교의 연구실에서 연구를 하면서 보냈다. 그 시절, 나를 사로잡았던 프로젝트는 바로 조선시대 화약무기의 복원이었다.

1978년 11월 22일, 박정희 대통령은 행주산성을 방문했다. 그때 권율 장군의 유품에 관심을 표하면서 "권 장군 휘하의 장수 가운데 화약과 대포를 만든 유명한 참모가 있었다"라며 이들에 관한 유품도 같이 찾아 기념관에 보관하라고 지시했다. 신문에서 이 내용을 읽고 나는 서서히 준비를 했다. 복원을 해 달라는 연락이 내게 올 것 같았기 때문이다. 1975년부터 화차 등 조선의 화약무기와 관련한 논문을 역사학회와 학회지 등에 발표를 했으며 실제로 복원할 만큼 공학적인 연구를 한 사람은 나밖에 없었기 때문이다.

내 짐작은 틀리지 않아서 1979년 3월, 경기도의 문화재과 담당

직원이 유한대학 연구실로 나를 찾아왔다. 박정희 대통령 지시라면서 화차 등 임진왜란 때의 화약무기를 10월까지 복원할 수 있겠느냐고 물어 보았다. 학계에 수소문해 보니 내가 적임자라고 추천해서 찾아왔다는 것이다. 나는 담당자가 찾아올 것을 미리 알고 기다렸다는 듯이 그동안 준비해 온 수십 장의 화기 복원 설계도를 보여주었다. 담당 직원은 기뻐하면서도 내심 놀라는 모습이었다. 나는 거기에 한 가지 조건을 달았다.

"복원 비용을 적게 들이기 위해서 그냥 모형만 복원하는 것은 싫습니다. 복원 후에 옛날처럼 화약을 넣고 실제로 발사를 할 수 있도록 만들고 싶습니다."

그렇게 해야 진정 값어치 있는 복원이 될 것 같았다. 담당자도 내 제안을 받아들였고, 이렇게 해서 현재 행주산성 기념관에 전시 중인 조선시대 화약무기의 복원이 시작되었다. 그러나 조선시대 화약무기 복원 프로젝트는 연구비가 당시로는 적지 않은 삼천만 원인데다 복원 기간도 8개월로 짧았고, 대통령 지시 사항이니 반드시 성공해야 하는 등 28세의 젊은이가 책임을 맡아 수행하기에는 작은 규모의 일이 아니었다. 신분은 '전문대학 전임강사'이지만 내가 그동안 한 일이라곤 책 한 권 저술한 것과 논문 한두 편 학회에 발표한 것이 전부였다. 젊은 나이에 막상 정부의 큰 프로젝트를 맡으려고 하니 한편으로는 겁이 났다. 그러나 형태도 남아 있지 않은 우리의 옛 화약무기들을 복원하여 되살릴 수 있다면 얼마나 좋을까 라는 생각이 더 컸다. 나중에 기회가 오면 내 능력 범위 안에서라도 하나씩 복원하려고 마음먹었는데, 정부 예산으로 복원할 수 있는 기회가 왔으니 나로서는 정말 큰 행운이었다. 그리고 이 사업을 성공적으로 수행하게 되면 앞으로 대형 연구사업을 수행하는 데도 많은 도움과 경험이 될 것 같았다. 그래서 겁은 좀 났지만 이것저것 생각할 필요도 없이 복원사업을 맡기로 결정했다.

작업 기간이 짧았기 때문에 바쁘게 움직여야 했다. 우선 영등포에서 청동 재료를 판매하는 곳을 찾아가 옛 방식으로 청동주물을 만들 수 있는 업체를 찾았고, 실제로 공장도 가 보았다. 복원할 때 가장 중요한 화차를 제작하기 위해 옛 목재로 제작할 수 있는 목공소를 시골에서 찾아냈다.

그렇게 열심히 발로 뛰고, 많은 이들이 도와준 덕분에 고화기 복원 프로젝트를 성공적으로 마무리할 수 있었다. 이로써 나는 이론적인 연구뿐만 아니라 실제로 하드웨어가 포함된 연구개발에 대한 또 다른 좋은 경험을 할 수 있었다.

이때 복원한 조선시대의 화약무기들은 다음과 같다.

총포류로는 일총통, 이총통, 삼총통, 4전총통, 8전총통, 4전장총통, 철신포, 신제총통, 세총통 등 아홉 가지이며, 총포 속에 장전할 발사물로는 차대전, 중전, 차중전, 소전, 세전, 차세전, 세장전, 차세장전, 신제총통전 등 아홉 가지이다. 그리고 소, 중, 대질려포통, 소, 중, 대발화통, 지화통 등 일곱 종류의 폭발물과 소, 중, 대, 산화신기전 등의 로켓 화약무기와 화전, 신기전화차와 총통화차를 복원했다.

세종 때 우리나라에서 독자적으로 개발한 화약무기 중 몇 가지만 제외하고는 거의 전부 복원한 셈이다. 이렇게 복원이 가능했던 것은 당시 개발한 화약무기에 대한 제작 설계도가 지금까지 고스란히 잘 남아 있었기 때문이다. 만일 이 설계도가 지금까지 남아 있지 않았다면 대부분의 조선 초기 화약무기는 먼지 쌓인 책 속에 이름만 남아 있었을 뿐 그 크기나 모양, 혹은 구조는 알 수도 없는 상태가 되어 역사 속에 묻혀 버렸을 것이다.

세계적으로 볼 때에도 15세기 화약무기 시스템의 설계도가 우리나라처럼 온전히 남아 있는 나라는 흔치 않다. 그것도 성능 면에서 세계 최고 성능의 화약무기 시스템 전체를 오백 년이 지난 지금 알 수 있다는 것은 정말 대단한 행운이며 우리의 기록문화가 대단했음을 잘 보여 주는 것이다.

현재 행주산성 유물기념관에 전시중인 조선시대 화약무기들은 옛날 설계도를 기본으로 연구하여 복원한 것으로 옛날의 화기와 똑같은 구조와 형태를 갖춘 총포들이다. 오백 년 전 선조들의 열정과 고민을 생각하며 구경한다면, 아마 색다른 감회를 느끼게 될 것이다.

그후, 나는 우리 옛 무기들을 총정리한 『한국 초기화기 연구』라는 책을 출판했다. 이 책의 앞부분에서 나는 "우리 조상들의 과학적인 창조력이 훌륭함을 알려고 하는 분들께 이 책을 드립니다."라고 썼다. 그동안 우리의 옛 로켓과 화약무기를 연구하며 알게 된 선인들의 우수한 창의력과 정부의 무관심 속에서도 국가와 민족을 위해 애쓴 옛 과학자들의 애국심을 알려 주고 싶었기 때문이었다.

그런데 이 고화기 복원 프로젝트를 진행하던 중에 큰 사건이 있었다. 행주산성의 전시관 개관을 몇 달 앞두고 박 대통령 시해 사건이 있었던 것이다. 이로 인해 개관은 몇 달 더 늦어졌다. 당시 일을 도와주었던 동료 교수들은 농담 삼아 "채 교수 훈장 하나 날아갔네"라고 아쉬워했다.

그러나 아쉬울 것 하나 없던 것이, 나는 그 일을 하는 동안 내 인생의 반려자를 얻었기 때문이다. 프로젝트가 인연이 되어, 당시 프로젝트를 도와주었던 공업디자인과의 강사임 교수를 아내로 맞이하게 되었던 것이다. 아내는 내 지독한 열정에 반해서 대범하게도 가난한 과학도한테 시집을 오기로 결심했다고 한다. 그런 아내도 결혼할 때는 내게 조건을 내걸었다. 결혼 조건 1호는 '집에 매일 들어오는 것'이었다. 강 교수는, 연구 중에는 학교 연구실에서 살다시피 하는 내 버릇을 너무나 잘 알고 있었다.

나의 취미는 불장난

좋은 일이 있으면 나쁜 일도 있다. 뜨거운 박수를 받는 한편으로 질타도 받을 수 있는 게 세상이다. 행주산성의 세종시대 화약무기의 복원이 끝났을 때 몇몇 자문위원들 가운데는 내가 복원한 총포가 '모형'일 뿐이라고 폄하하는 분들이 있었다. 물론 과거의 것과 똑같은 실물은 아니었지만 그렇다고 단순한 전시용 모형도 아니었기에 억울했다. 복원한 화약무기를 옛날처럼 실제로 발사 시험을 하여 주변의 이런 의심을 씻고 싶었다. 또한 실제로 발사하게 되면 학술적인 연구도 될 것 같아 나는 과감하게 발사 시험을 추진했다.

그때까지 조선시대 화약무기를 옛날처럼 발사해 본 적은 한 번도 없었다. 아무도 하지 않은 일이기에 내 의지는 더 불타 올랐다. 나는 문교부의 '1980년도 학술연구 조성비'에 조선시대 총포 발사 시험 프로젝트를 신청했다. 1440년대의 세종 때 처음 만들어져 임진왜란 때까지 사용된 옛 총포들을 오백여 년 만에 다시 옛날처럼 발사해 보기로 한 것이다.

프로젝트는 승인이 되었고 수백만 원의 연구비가 지원되었다. 발사 시험을 하기 위해 행주산성 전시용으로 만든 것과 같은 것을 몇 개 더 제작해서 시험 발사용으로 사용했다.

그런데 발사 시험을 하기 위해서는 거쳐야 할 것이 있었다. 화약을 이용해서 옛날 총과 포를 발사 시험하는 것이기 때문에 관할 경찰서에 허가를 얻어야 했다. 유한대학은 경기도에 소속되어 있었지만 발사 시험을 할 장소는 서울에 있는 오류동 럭비구장이었다. 학교가 소속되어 있는 경기도 부천 경찰서를 방문하니 시험할 장소를 관할하는 영등포 경찰서에 가서 협의를 하라고 했다. 그래서 다시 영등포 경찰서로 찾아가니 한참 설명을 듣던 담당 경찰관은 대학 교수가 연구를 위해 하는 시험은 경찰서의 허락 없이 해도 된다며 사고 없이 잘 하라고 격려해 주었다. 뜻밖이었다. 며칠 동안을 시험 허가 문제로 여러 경찰서를 오가며 고민했는데 문제는 의외로 쉽게 해결되었다.

공개 발사 시험 날짜는 한 달 전쯤에 미리 잡아 발표를 했다. 그날의 결과를 지켜보는 눈이 많았다. 호의적인 눈도 있었지만 그렇지 못한 눈들도 많아서 어떻게든 성공을 하고 싶었다. 그런데 발사를 며칠 앞두고 많은 눈이 내렸다. 시험할 장소인 럭비구장에는 5센티미터 이상의 눈이 쌓이는 문제가 발생했다. 눈이 너무 많이 쌓여서 치우기도 힘들 정도였다. 대책이 필요했다. 당시 유한대학에는 새 건물을 지으며 시멘트 거푸집에 사용했던 큰 합판이 운동장에 많이 쌓여 있었는데, 우리는 그 합판을 럭비구장으로 옮긴 후 눈 위에 깔고 그 위에서 발사 시험을 진행하기로 했다.

발사 시험 준비과정에서 가장 어려웠던 일은 쉽게 생각했던 점화 문제와 총포의 안전성 문제였다. 먼저 점화선은 화약회사에서 구입하려고 했지만, 시중에서 구입할 수 있는 점화선은 굵기가 너무 굵어서 사용할 수가 없었다. 할 수 없이 옛날 방식으로 새로 가늘게 만들었는데 문제는 총의 약통 근처에서 불이 꺼져 버리는 것이었다. 시험 날은 하루하루 다가오는데 점화 문제가 해결되지 않고 있으니 애가 탔다. 괜히 날짜를 미리 잡아 공개했나 싶어 후회도 밀려왔다.

공개시험 바로 전날까지도 문제는 해결되지 않았다. 그때 마침 잘 알고 지내던 동아일보 문화부의 임모 기자가 시험 준비과정을 살피기 위하여 학교로 찾아왔다. 나는 같이 점심식사를 하며 내 고민을 털어 놓았다. 식사 후 학교로 걸어오는 길에 무심코 길가에 떨어져 있던 가느다란 대나무 가지를 주웠다. 내가 주운 나뭇가지를 기자가 보더니 총에 점화선을 끼우고 가느다란 나뭇가지로 주변에 숨구멍을 만들어 주는 것은 어떠냐고 제안했다. 내 생각에는 점화선 속에는 화약가루가 들어 있기 때문에 굳이 숨구멍을 만들 필요가 없을 것 같았다. 그러나 계속해서 시험의 진행이 원활하지 않기에, 나는 임 기자의 제안대로 점화선을 끼운 후 주위에 숨구멍을 내줘 봤다. 그랬더니 점화선이 끝까지 타들어가서 총 속의 화약에 불을 붙이는 것이 아닌가!

결국 길에서 주운 가느다란 나뭇가지와 임 기자의 아이디어 덕분에 공개 시험 바로 전날 밤에 총에 격목만 끼운 채 예비 발사 시험에 성공할 수 있었다. 며칠간 큰 고민을 하고 있었다가 시험을 불과 몇 시간 남겨두고 극적으로 시험에 성공했던 것이다.

1981년 1월 19일, 눈이 많이 쌓인 오류동 럭비구장에서는 국내 최초로 조선 초기의 고화약무기의 발사 시험이 이루어졌다. 결과는 성공이었다. 이날의 발사 시험에서는 4전총통, 8전총통, 삼총통 등 세 가지 총의 발사 시험이 진행되었는데 첫 시험은 4전총통이었다. 점화선에 불을 붙이자 총통의 약통에 들어 있는 화약에까지 불이 타들어갔고 잠시 후 가스를 내뿜더니 꽝 하는 소리와 함께 네 발의 화살이 이백여 미터를 날아갔다. 만들어진 지 사백여 년 만에 다시 불을 뿜은 것이다. 그리고 삼총통은 발사에 실패했지만 애교로 잘 넘어갔고 이어서 8전총통의 발사도 성공적으로 진행되었다. 동아일보는 전날 미리 와서 시험 준비 과정을 살펴본 덕분에, 실험에 성공했다는 특종을 시험 당일인 19일 석간에 보도할 수 있었다. 우리 시험에 큰 공헌을 했으니 그 정도의 특혜는 누릴 만했다.

그후에도 나는 몇 번의 옛 총포 발사 시험을 했다. 최근의 불장난은 지난 2006년 4월 영천시의 지원으로 고려 때 최무선이 만든 총포를 복원하여 발사 시험을 한 것이다. 어느덧 우리의 옛 화약무기를 복원하여 발사 시험하는 불장난이 나의 끊을 수 없는 취미 중 하나가 된 것 같다.

더 큰 것을 배우러 미국으로!

1981년 1월 결혼을 한 나는 그 다음 달로 유한대학을 퇴직하고 로켓 공부를 더하기 위하여 미국으로 유학을 떠났다. 주위에서는 좋은 직장에서 학계와 사회로부터 인정도 받으면서 왕성하게 연구활동을 하고 있는데 왜 다시 고생스럽게 미국으로 떠나느냐며 많이들 만류했다. 사실 대학 3학년 이후부터 학교의 장학금과 아르바이트로 어렵게 생활하다가 유한대학에 근무를 하면서부터 겨우 안정된 생활을 시작했는데 다시 공부하러 떠난다고 하니 그럴 만도 했다.

또 1980년 9월에는 이란과 이라크 간에 전쟁이 터지면서 세계적으로 기름 값이 무척 올랐고 그 영향으로 전 세계의 경기가 좋지 않아 미국 학생들이 대학원으로 많이 진학했다. 이러한 영향으로 외국인 대학원생에게는 무조건 1년간 장학금을 주지 않았다. 나는 유한대학에서 모은 돈을 고스란히 학비와 생활비로 투자해야 했다. 그러나 나는 더 많은 것을 배우고 더 큰 세상을 품고 싶었다.

미국에서 공부를 하며 6년을 보낸 곳은 미국의 미시시피 주립대학교였다. 이 대학은 인구 15,000명의 작은 도시 스탁빌에 위치한

학교로, 학생수는 도시 인구의 절반에 해당하는 8,000여 명 정도였다. 그곳은 공부 이외에는 할 것이 없는 육지 속의 섬이었다.

미국에서의 공부는 항공우주공학 관련 유체시험을 컴퓨터를 이용해서 하는 전산유체역학(CFD)이라는 새로운 분야였다. 항공기나 로켓을 개발할 때 비용이 많이 드는 각종 시험을 컴퓨터를 이용하여 값싸게 모사 시험을 하는 것이다. 지금은 거의 모든 이공학 분야에서 이용되고 있지만 내가 공부를 시작할 때만 해도 개발비가 많이 드는 항공우주 분야에서만 주로 이용되고 있었다. 이 분야를 잘 공부해 두면 나중에 로켓을 개발할 때 요긴하게 활용할 수 있을 것 같아서 택했다.

컴퓨터를 이용해서 유체역학 문제를 실험하는 내 전공 분야의 지도교수 톰슨(Joe Thompson) 박사는 이 분야에서는 세계적인 석학이었다. 학교의 실험실에는 초대형 로켓 새턴-1B 로켓에 사용하던 액체추진제 로켓 엔진이 하나 있었다. 난생 처음 보는 실물 대형 액체추진제 로켓 엔지이었는데 볼 때마다 너무 복잡해 보여서 과연 한국에서도 이런 큰 로켓 엔진을 개발할 수 있을까 라는 생각이 들곤 했다.

미국에서 부러웠던 것은 로켓에 관한 많은 자료들이 널려 있다는 점이었다. 유학생들은 볼 수 없는 자료들도 많이 있었는데 볼 수 없으니 더 보고 싶었지만 어쩔 수 없었다.

유학 초기에는 미항공우주국(NASA)이나 보잉항공사에 있는 슈퍼컴퓨터를 이용해서 교수의 프로젝트를 수행할 수 있었지만, 졸업할 때쯤에는 외국인들은 미국 항공우주국의 컴퓨터를 사용할 수 없게 통제됐다. 또 로켓 엔진과 같은 핵심 우주개발 기술에 외국인이 접근하는 것은 거의 불가능해서, 고국으로 돌아가서 실제 연구를 해야겠다는 생각을 했다. 지도 교수의 추천으로 졸업 후에 방문 교수로 NASA의 글렌 우주센터에서 몇 달간 근무를 했다. 내가 지닌 신분증으로는 출입할 수 있는 사무실이 정해져 있어서 아무 곳에나 갈 수도 없었지만 우주센터에서 미국 과학자들과 같이 연구해 본 것은 좋은 경험이었다.

미국에서 공부하며 느낀 것 중 하나는 학생들이 학점을 잘 받기 위해서 열심히 공부하는 것이 아니라 과학기술의 원리를 잘 이해하기 위해서 열심히 공부한다는 것이었다. 과학의 원리를 잘 이해한다면 어려운 문제도 창의력을 발휘하여 잘 풀 수가 있다. 공부를 하는 목적이 학점을 잘 따기 위한 우리와는 많이 달라 보였다.

한번은 컴퓨터로 수학 문제를 계산하는 숙제가 있었다. 한국 대학에서 컴퓨터를 이용해서 문제를 푸는 방법을 배우고 갔던 터라 수학 문제를 푸는 것은 그리 어렵지 않았다. 그런데 처음 컴퓨터를 대하는 미국 학생들에게는 어려웠는지 밤 12시가 넘었는데도 잘 못 푸는 학생이 있었다. 숙제한 것을 보여 주려 했더니 그 친구는 단호하게 거절하며 이렇게 말했다.

"숙제를 해 가는 것도 중요하지만 내가 컴퓨터를 이용해서 수학 문제를 풀 수 있는 능력을 기르는 것이 더 중요하잖아. 호의는 고맙지만 내가 할 수 있는 데까지 해서 제출할 거야."

이렇게 자기 실력을 쌓는 것이 중요하다며 착실히 공부를 하는 학생들이 세계적인 과학자로 성장해 가는 것은 어쩌면 당연한 것이었다. 그들의 저력을 알 수 있었다.

73초 만에 사라진 우주수업의 꿈

미국 유학 시절에 우주개발 역사에 있어서 잊을 수 없는 하나의 사건이 벌어졌다. 1986년 1월 중순, 박사자격 시험을 준비하던 때였다. 하루는 집에서 딸아이를 안고 있는데 딸이 천장에 매달아 놓은 우주왕복선을 잡아당겨서 그것이 거실 바닥으로 떨어지며 부서져 버렸다. 그리고 며칠 후, 시험을 치른 뒤 집에 갔더니 집사람이 끔찍한 소식을 전했다. 미국 우주왕복선 챌린저호가 하늘로 올라가다 폭발했다는 것이었다. TV에서는 계속해서 발사와 폭발 광경을 보여 주었다. 12시쯤이 되자 승무원 7명이 모두 사망했다는 발표가 나왔다.

과연 우주개발은 사람을 죽이기 위한 것인가, 인류를 구원하기 위한 것인가?

이번의 우주왕복선 발사는 특별한 것이었다. '우주 속의 선생님(Teacher in Space)'이라는 프로그램에서 선정된 크리스타 매컬리프(Christa McAuliffe)라는 여교사가 탑승했고 그녀는 레이건 대통령과 우주에서 전화 통화를 할 계획이었다. 역사상 첫 우주수업도 계획되어 있었다. 우주개발을 좀 더 활성화시키고 널리 알리기 위해서 마련된 것이었다. 그런데 그 모든 것이 단 73초 만에 사라진 것이다.

당초 날씨가 추워져서 며칠씩 발사가 연기됐다. TV에서는 발사대 주변에 고드름이 달린 것을 보여 주곤 했는데, NASA에서 기상 관계로 발사를 며칠 연기했더니 언론에서는 오늘도 발사가 연기

되었다면서 발사를 재촉하는 분위기였다. 또 발사한 날 저녁에는 레이건 대통령이 국회에서 시정연설을 하는 것이 예정되어 있어서 NASA는 이날만큼은 꼭 우주왕복선을 발사하려고 계획하고 있었다.

우주왕복선의 고체추진제 추력보강용 로켓은 세계 최대 고체추진제 로켓이다. 따라서 고체추진제 몸통에 고체추진제를 한 번에 넣을 수가 없어서 전체를 네 토막을 내어서 추진제를 채운 뒤 케네디 우주센터에서 하나로 조립하여 우주왕복선 발사에 사용하게 된다. 고체추진제 몸통과 몸통 사이에는 고무로 만든 특수한 O-링이 삽입되는데 발사한 날의 아침 온도는 영하에 가까운 추운 날씨였다. 섭씨 18도 이하에서 O-링은 제 역할을 잘 하지 못한다. 그런데도 이날 무리하게 발사를 하다가 화염이 벌어진 O-링 밖으로 새어나와 액체 산소와 액체 수소가 들어 있는 연료탱크를 폭발시킨 것이다.

우주개발 사상 최대의 비극적인 사건이었다. 사고가 발생하자 항공우주공학과의 분위기도 자연히 침울해졌다. 우주개발이란 늘 이렇게 힘들고 어려운 것이다. 그러나 우주개발에 대한 미국의 의지는 대단했다. 사고가 난 날 저녁뉴스에 '우주 속의 선생님' 프로그램에서 탈락했던 다른 선생님의 인터뷰가 나왔다. 기자는 그를 찾아가 물었다.

"지금이라도 '우주 속의 선생님' 프로그램에 선정이 되면 우주 왕복선을 탑승하시겠습니까?"

그러자 그 선생님은 고개를 끄덕이며 말했다.

"물론입니다. 우주개발은 계속되어야 합니다."

감동적인 장면이었다. 그것은 그 선생님 한 명의 생각만이 아니었다. 애도 속에서도 우주개발 계획은 계속되어야 한다는 분위기가 온 나라에 퍼지고 있었다. 미국은 개척정신이 대단한 나라라는 것을 절실히 알았다. 새로운 분야를 개척하려면 위험을 감수해야 한다. 미국이 발전할 수 있었던 것은 이렇게 새로운 분야의 개척을 적극적으로 권장하는 국민성 때문이 아니었을까.

꿈에 그리던 마샬 우주센터에서

미국으로 유학을 떠나면서 가슴 설레던 부분이 있었다. 어렸을 때 TV를 보며 동경했던 우주개발 역사의 현장을 직접 내 두 발로 디뎌볼 수 있으리라는 점 때문이었다. 그중에서도 제일 먼저 가보고 싶었던 곳은 폰 브라운 박사가 달로켓을 개발한 앨라배마 주 헌츠빌에 있는 미 항공우주국(NASA)의 마샬 우주센터였다. 나는 유학 후 처음 맞이하는 여름방학에 설레는 마음으로 그곳을 방문했다.

마침 미시시피 주립대학교에서 석사학위를 받고 한국으로 귀국하던 김현진 공군 중령(후에 공군 준장으로 예편)이 그곳까지 자동차로 안내를 해 주어서 쉽게 갈 수 있었다. 이곳은 독일에서 미국으로 귀화한 폰 브라운 박사가 러시아보다 미국이 먼저 달에 갈 수 있도록 해준 세계 최대 로켓인 높이 111미터짜리 새턴-5 달로켓을 연구개발한 곳이다.

이 연구소에 대해서 자세히 알게 된 것은 고등학교 때였다. 이곳과의 특별한 인연도 그때 만들어진 것이다. 우주과학에 푹 빠져 있던 나는 이곳에 근무하는 연구원의 주소를 자료를 통해서 알게 되었고, 그분께 몇 가지 궁금했던 질문들을 적어 편지를 보냈다.

그런데 얼마 후 답장이 왔다. 그 박사님께서 비서에게 답장을 하라고 해서 편지를 쓰게 됐다며 편지와 함께 미국 NASA의 여러 가지 우주개발 자료를 보내 줬다. 외국 학생의 편지에 대해 비서를 시켜서라도 꼭 회신을 해 주는 정성이 놀라웠다. 그때의 기억이 내 가슴속에 깊이 박혀서, 나도 학생들은 물론이고 누구라도 나에게 편지나 연락을 하면 꼭 회신을 하는 버릇이 생겼다.

편지를 받아 본 지 13년 만에 연구 현장을 실제로 방문하니 감회가 새로웠다. '이곳에서 세계 최대 달로켓이 개발됐구나!' 하는 생각을 하며 연구시설을 둘러보았다. 높이 수십 미터짜리 웅장한 로켓 추진기관 시험시설이 군데군데 서 있었고, 어떤 시험시설에는 1960년대에 매달아 놓은 로켓 엔진이 아직도 매달려 있어 당시의 치열했던 러시아와의 달 탐사 경쟁의 단면을 보는 듯했다.

그곳은 높이 111미터의 새턴-5 달로켓과 새턴-1b 로켓, V-2 미사일 등 그곳에서 개발된 수십 종의 로켓이 전시된 세계 최대의 로켓 공원이었다. 로켓 공원의 한편에 위치한 박물관에는 세계 최초의 액체추진제 로켓인 고다드 로켓에서부터 많은 종류의 액체추진제 로켓 엔진, 유도제어 자이로 등 각종 로켓 부품이 전시되어 있었다. 그리고 아폴로 우주선을 비롯한 각종 인공위성과 유인 우주선도 볼 수 있었다. 그동안 책에서 사진과 그림으로만 보았던 수많은 로켓과 우주선 그리고 그 핵심 부품들을 실제로 보게 되니 정말 반갑고 그렇게 기쁠 수가 없었다. 마치 수십 년 동안 떨어져 지내던 보고 싶은 가족이나 친구를 만난 것 같았다.

한편으로 우리나라에는 제2차 세계대전 때 독일이 개발한 V-2 로켓만한 작은 액체 로켓도 아직 없다고 생각하니 과연 우리는 언제나 인공위성을 쏠 수 있는 우주로켓을 개발할 수 있게 될까, 아니 과연 우리나라에서 인공위성을 우주로 쏘는 시기는 올까, 하는 서글픈 생각이 들기도 했다. 자세히 보고 싶은 것이 무척 많아서 이후로도 자주 가고 싶었다. 다행스러운 것은 내가 공부하고 있는 학교에서 그곳까지 자동차로 다섯 시간이면 갈 수 있는, 미국에서는 그리 멀지 않은 거리라는 점이었다.

또 한 곳, 나를 설레게 했던 곳은 1985년 3월의 봄방학 때에 방문한 우주항구 케이프케네디였다. 이곳은 1969년 7월, 전 세계에서 수억 명이 지켜보는 가운데 아폴로 11호 우주선에 세 명의 우주인을 태우고 달로 출발하여 유명해진 곳이다. 내가 고등학교 때 미국의 유인 우주선의 발사 소식을 신문이나 라디오로 들으며 가장 귀에 익숙해진 미국의 도시가 바로 케이프커내버럴과 휴스턴이다. 우주인을 태운 유인 우주선의 경우 발사할 때는 케이프커내버럴에서, 그리고 발사가 되어 지구궤도로 올라간 후 모든 소식은 휴스턴에서 나왔기 때문이다. 특히 아폴로 11호를 발사하며 달로 떠나는 거대한 새턴-5 달로켓을 TV로 보며, 꼭 가 보고 싶었던 우주항구를 드디어 16년 만에 방문한 것이다.

드넓은 해안의 여기저기에 로켓 발사대가 서 있었다. 높이 130미터의 세계 최대 로켓 조립동도 아주 인상적이었다. 우주센터는 생각보다도 더 넓었다. 끝이 보이지 않을 정도로 넓은 우주센터를 건설해 놓고 마음대로 우주를 향해 우주선을 발사하는 미국이 부러웠다. 과연 우리는 언제 이런 우주센터를 갖게 될 수 있을지를 생각하니 까마득했다.

앞으로 우리나라가 우주개발을 하게 된다면, 그래서 이곳에 우리나라 정치인들이 방문하게 된다면 그리 좋을 것이 없겠다는 생각이 문득 들었다. 왜냐하면 정치인이나 정부 공무원들이 이곳을 방문해 보고 이렇게 넓은 장소가 있어야만 우주개발을 할 수 있다고 생각한다면 아마도 국내 우주개발을 적극적으로 돕지 않을 것이라는 생각이 들었기 때문이다.

우주센터 옆에 있는 백사장은 길이가 수십 킬로미터는 되어 보였다. 이곳은 아폴로 11호를 발사할 때 수백만 명의 관중들이 발사를 지켜보았던 곳이다. 그곳에 내가 서 있었다. 역사의 숨결이 배인 그 해변을 거닐며 나는 아폴로 11호가 달로 떠나던 순간을 떠올렸다.

전 세계에서 모인 수백만의 관중들이 새턴 로켓이 우레와 같은 소리와 화염을 내품으며 하늘로 치솟는 것을 보며 환호성을 질렀던 그 순간, 그 장소. 마치 그 시간에 내가 있었던 듯 감격스러웠다.

우리도 로켓을!

유학중이던 1983년, 나는 국제항공우주학회에서 우리나라의 옛 로켓에 대한 논문을 발표해 우리의 옛 로켓에 대한 국제적인 신고식을 마쳤다. 당시 내 논문은 우수 논문으로 뽑혀 세계적인 항공우주 학술지와 책에 소개되기도 했다.

1987년 5월에는 미시시피 주립대학교의 항공우주공학과에서 꿈에 그리던 공학 박사학위를 받았다. 주변에서 공부를 하다가 포기를 하는 이들도 많아 걱정을 많이 했는데 드디어 박사학위를 받게 된 것이다. 그리고 클리블랜드 시의 미 항공우주국 글렌 우주센터에서 방문교수로 일하다가 귀국했다. 우주개발을 시작하려고 로켓 전문가를 찾고 있던 천문우주과학연구소에서 1988년 2월부터 유치과학자로 근무하게 되었다. 이제 우주로 날아가는 꿈의 첫 발을 내딛게 된 것이다.

본격적으로 로켓 개발을 시작하면서 외국연수를 떠났다. 먼저 1988년 5월 일본의 우주 관련 연구소에서 연수를 받았다.

처음에는 신주쿠 근처에 있는 국립항공연구소(NAL)에서 우주개발 기술에 대한 연수를 유장수 박사와 함께 받았다. 출장을 준비하면서 좋은 기회가 될 것 같아 일본측에 우주발사장 방문을 요청했다. 그러나 처음에는 일본 우주센터 방문이 포함되어 있었지만 나중에는 취소되었다. 이유를 알아보니 일본 정부로부터 출입 허가를 받지 못했기 때문이란다. 우주개발은 어느 나라나 이처럼 폐쇄적이다.

일본 체류 기간 중 기억에 남는 일이 있었다. 우리는 연수를 끝내고 북해도에서 열린 국제우주기술학회에 참석하였고 주말에 '삿포로 비어'라는 유명한 맥주 공장을 방문하였다. 그곳에서 일본 우주 과학자들과 함께 맥주 파티를 열고 즐겁게 대화를 나누던 때였다.

나는 한 일본 과학자에게 우리나라도 나중에 우주센터와 우주로 켓을 만들고 그곳에서 인공위성을 발사할 계획이라고 말했다. 그랬더니 그가 내게 이렇게 말했다.

"한국처럼 작은 나라에서 우주로켓을 개발할 필요가 있겠습니까? 인공위성 발사가 필요하면 일본이 만든 로켓을 이용하면 되지 않겠습니까?"

잘 못하는 술을 한 잔 먹어서 그런지, 그 일본 과학자의 말을 들으니 기분이 불쾌해졌다. 그래서 나도 한마디 했다.

"일본은 얼마나 큰 나라라고 우주로켓을 개발했소? 필요하면 미국 로켓을 이용하면 될 것이지!"

그는 내 말에 아무 소리도 하지 못했다. 우리도 보란 듯이 로켓을 개발해 세계를 놀라게 해 주고 싶다는 생각이 더 강하게 솟았다. 특히 그날 밤은.

이어서 다음 8월에는 미국으로 액체추진제 과학로켓 관련 연수를 떠났다. 우리는 캘리포니아 주의 주도인 새크라멘토(Sacramento) 시에 있는 에어로제트(Aerojet) 로켓회사에서 한 달간 액체추진제 과학로켓에 대한 기술연수를 받았다. 미국의 액체로켓 회사에서 본격적으로 액체로켓 공부를 하는 것은 국내에서 처음 있는 일이었다. 이 연수를 통해서 처음으로 액체추진제 로켓을 자세히 볼 기회를 가졌다. 그러면서 우리도 액체추진제 로켓 개발에 한번 도전해 볼 만하다는 생각을 품게 되었다.

하늘로 날아오른 한국과학관측로켓 1호

1989년에는 한국항공우주연구소가 창설되면서 나는 우주추진기관그룹장으로서 본격적으로 로켓 개발에 참여했다. 항공우주연구소의 첫 번째 로켓 개발 사업은 '한국과학관측로켓' 이라는 뜻의 KSR-I이었다. 어린 시절 소형 로켓을 제작해 쏘아 올리며 꿈꾸었던 순간이 찾아온 것이다.

과학로켓 개발에 참여한 항공우주연구소의 많은 연구원들과 참여 업체의 기술자들은 부족한 개발자금 등 많은 어려움을 극복해 가며 오로지 성공적인 발사만을 위해 길게는 6년 이상씩 로켓 개발에 몰두했다.

그동안 몇 차례의 추진기관 지상연소 시험과 구조체 실험, 탑재 전자장비 시험 등을 성공적으로 마친 연구원들과 업체 참여자들은 1993년 5월 마지막 주일을 KSR-I의 1호기 발사일로 잡고 서해안에 있는 안흥 종합시험장에서 발사를 기다렸다. 그러나 기상 때문에 몇 차례나 발사가 연기되었다.

드디어 1993년 6월 4일, 발사일이 확정되었다. 일주일 이상씩 발사장에서 발사 준비를 하며 발사를 기다리는 것은 로켓의 연구

개발 이상으로 많은 인내를 요구했다.

6월 4일 새벽 4시, 발사장에는 연구원들이 하나 둘씩 모여들기 시작했다. 서해안의 아침 바다는 조용했다. 폭풍우가 휘몰아치던 전날과는 대조적인 날씨였다. 그동안 로켓 개발을 하면서 어려웠던 지난 일들이 하나씩 떠올랐다.

로켓 모터케이스의 열처리를 위해 지방에 있는 공장으로 내려갔을 때 현금을 갖고 오지 않아 더운 여름날 공장 입구 길바닥에서 몇 시간씩 기다리던 일, 첫 번째 발사용 로켓 추진기관의 지상연소 시험을 할 때 갈수록 천둥소리같이 커지는 연소음을 들으며 혹시 폭발하지나 않을까 하며 18초 동안 가슴을 조이며 지켜보던 일 등이 생각났다.

KSR-I의 로켓 모터는 추진제가 타들어 가는 방식을 이중으로 설계한 것이다. 즉 아랫부분과 윗부분이 서로 달라서 처음에는 아랫부분과 윗부분의 추진제가 동시에 타면서 큰 힘을 만들고 후에는 윗부분에 남은 추진제만 타면서 작은 힘을 오랫동안 만드는 것이었다.

적은 예산으로 로켓을 설계하고 만들다 보니 제한이 많았다. 로켓의 몸통을 두껍게 만들어 갑자기 압력이 높아져도 폭발하지 않도록 만든 다음 첫 시험을 하였는데 결과를 보니 당초 설계한 값보다 압력이 더 높았다. 모든 것을 다시 설계하고 만들어야 했다.

시간, 예산 등으로 많은 고민을 하고 있다가 도서실에 가서 최근의 로켓 추진기관 잡지를 보았고 그곳에서 우리가 겪고 있는 것과 비슷한 문제점을 상세히 다룬 연구 논문을 우연히 보게 되었다. 그리고 로켓의 분사 구멍을 크게 함으로써 문제를 해결할 수 있었다. 문제가 생겼을 때 해결 방법을 찾기 위해 최선의 노력을 기울이다 보면 어느덧 해답이 눈앞에 와 있었다.

새벽 4시부터 시작한 과학 1호 카운트다운은 연습할 때보다는 훨씬 빠르게 진행되는 것 같았다. 지루하던 발사준비 시간이 지나가면서 발사가 코앞에 다가오고 있었다.

발사 1분 전! 이제 드디어 1분 후에 발사되는구나, 하고 생각하니 초조감과 함께 가슴이 뛰기 시작했다.

'제발 잘 좀 올라가 주어야 할 텐데……'

카운트다운은 계속되었다.

'발사 10초 전, 9초, 8초, 7초, 6초, 5초, 4초, 3초, 2초, 1초, 0초, 발사!'

예정 발사 시간보다 2분 빠른 9시 58분, 과학 1호는 마치 오래 전부터 발사를 기다렸다는 듯이 '꽝' 하는 폭음 소리와 함께 화염을 뒤로 분출하며 서서히 발사대를 벗어나 하늘로 치솟기 시작했다.

'아무 탈 없이 계속 잘 올라가 주어야 할 텐데!'

솟아오르는 로켓을 보며 나는 간절히 기도하고 있었다. 과학 1호는 그동안 고생한 연구원들과 제작진들을 실망시키지 않으려는 듯 믿음직스럽고 줄기차게 계속해서 빠른 속도로 하늘로 치솟고 있었다. 점점 가속도가 붙는 모양이다. 여기저기서 환호성과 박수소리가 터져 나왔다. 내 귀에는 그것이 한국의 우주 개발이 시작되었음을 축하하는 작은 함성 같았다.

발사대를 떠난 지 20여 초가 지나자 로켓은 6월 초순의 맑은 하늘에 하얀 비행 구름만 남긴 채 하늘 높이 사라졌다. 20여 초가 지났으니 로켓 추진기관에는 문제가 없는 듯 싶었다. 스피커에서는 로켓의 비행 상황이 계속 흘러 나왔다.

비행시간 80초, 사거리 32킬로미터, 고도 37킬로미터.

비행시간 103초, 사거리 42킬로미터, 고도 38킬로미터.

KSR-I-1호가 정상에 도착했겠구나 싶었고, 모든 기능은 정상적이었다.

비행시간 180초, 사거리 74킬로미터, 고도 2킬로미터.

그리고 1호는 곧 서해 바다의 예정된 지점으로 착수했다.

첫 번째 로켓모터의 연소 시험 성공은 우리 로켓 개발팀에게는 정말 큰 축복이었다. 본격적으로 과학로켓 개발을 막 시작했는데, 그해 가을 갑자기 정부가 로켓 개발 사업의 필요성과 타당성을 재점검하기 시작했기 때문이다. 당시 연구소에서 로켓 연구에 참여하고 있던 연구원은 10여 명 정도였다. 이렇게 적은 인원으로 로켓을 개발하다 실패하거나 사고라도 나면 장차 더 큰 문제가 될 수 있으니 차라리 사업 초기에 정리하려고 했던 것 같다.

여기저기서 들리는 이야기로는 로켓 개발 사업을 계속하는 것이 쉽지 않다는 것이었다. 당시는 연구소가 탄생한 지도 3년밖에 안 되었고 탄생부터 잘못된 연구소라는 등 매년 연구소의 존폐에 대한 이야기가 오고갈 때였다.

당시 내가 맡고 있던 연구 그룹은 첫 고체 로켓에 대한 지상연소 실험을 계획하고 있었는데, 이때 로켓 사업을 주관하고 있는 정부 관료를 초청해서 지상연소 실험을 진행하자고 제안했다. 전혀 검증되지 않은 첫 번째 로켓의 지상연소 시험이라 이것이 잘못되면 사업뿐만 아니라 연구소까지 문을 닫아야 할지도 모른다고 반대도 많았다. 이대로라면 로켓 사업은 어차피 죽게 되는 것 같은데, 시험이 성공적으로 잘 되면 혹시 우리 로켓팀의 신뢰가 높아져 사업이 살아날지도 모르니까 과감히 한번 도전해 보자고 했다. 이렇게 큰 로켓모터의 개발과 시험은 내게도 난생 처음이었다.

하늘의 도움 때문인지 그날의 시험은 성공적으로 끝났다. 얼마나 긴장을 했던지 18초 동안의 시험이 끝나고 축하 악수를 받으면서 보니 손바닥에 땀이 가득했다. 연소 시험이 진행되는 18초가 1시간 이상으로 느껴졌다.

시험이 끝난 후 유성으로 나와 점심식사를 하며 나는 우리 옛 로켓 신기전의 역사에서부터 과학로켓 개발의 필요성에 이르기까지 신나게 설명했다. 정부에서 참석한 간부도 "이렇게 멋있는 로켓 지상연소 시험은 처음 보았다"라면서 내년에도 계속 지원하겠다며 성공적인 로켓모터의 지상연소 시험을 다시 축하해 주었다.

시험을 할 때마다 로켓 추진기관 개발 책임자는 특히 간이 큰 사람이어야 한다는 생각이 들었다. 로켓모터를 처음 설계해서 제작한 후 시험한다는 것은 개발자의 마음을 여간 조이게 하는 것이 아니다. 불이 붙은 모터 속의 고압만큼이나 심한 스트레스를 매 시험마다 받는다는 것은 시험에 성공했을 때 받는 기쁨보다 훨씬 큰 어려움이었다.

많은 어려움 끝에 찾아오는 기쁨이 연구원들의 좁은 가슴을 더욱 시원하게 해 준 것처럼 새벽빛을 받은 서해 바다의 맑은 빛이 앞으로 우리나라의 우주개발을 밝게 예견해 주는 것만 같았다.

로켓 개발 예산이 2억 원?

1989년 12월, 이라크가 스커드 미사일을 다발로 묶은 4단 로켓을 만들어 인공위성 발사를 시도했다는 뉴스를 듣게 되었다. 비록 이라크의 인공위성 발사는 실패했지만 스커드 미사일을 개발하고 있던 북한에게 인공위성 발사에 대한 아이디어를 제공하기에는 충분했을 것이라는 생각이 들었다.

실제로 나는 1990년 초 북한이 위성 발사를 준비하고 있는 것을 중국의 우주과학자들을 통해 확인할 수 있었다. 북한이 인공위성 자력 발사에 성공하면 세계의 이목이 집중될 것이고 우리도 위성의 자력 발사를 서두를 것 같았다. 이때를 대비해서 어떻게든지 우주로켓 개발에 필요한 핵심기술을 준비해야 했다.

그러나 당시 천문우주과학연구소의 로켓 개발 관련 예산은 연간

2억 원이 채 안 되었다. 무엇 하나 제대로 준비할 수 있는 형편이 아니었다. 당시 연구소 사정이 얼마나 어려웠는지 연구원을 새로 채용하면서 1~2백만 원짜리 개인용 컴퓨터(PC)를 구입하기도 어려웠다.

하루는 세계일보의 최득용 기자가 연구소로 연락을 해서 우주개발 이야기를 일주일에 한 번씩 연재하고 싶은데 글을 써 줄 수 있느냐고 요청해서 '로켓 박사의 우주개발 이야기'라는 제목으로 글을 쓰기로 했다. 글을 연재하며 최 기자를 자주 만났는데, 하루는 북한이 우리보다 인공위성을 먼저 발사하려고 준비중인 것 같은데 우리나라는 우주개발 지원이 너무 빈약해서 안타깝다고 했더니 나와 인터뷰한 것을 중심으로 해서 1990년 11월에 '북한이 먼저 인공위성 쏜다'고 크게 제목을 뽑고 기사화해 주었다.

혹시 이러한 기사라도 나오면 좀 더 많은 예산 지원이 있을까 생각했던 것인데 끝내 별다른 변화는 없었다. 과학기술자들이 국가와 민족의 장래를 위해 무엇인가 준비를 하려 할 때 가장 어려운 것은 예산 확보를 위해 관련자들을 잘 이해시키는 것이다. 아무튼 이 기사는 과학기술자들이 국가의 미래에 무엇이 발생할지 미리 예측하고 그것을 준비하려고 애쓰고 있다는 것을 알려 주는 것으로 만족하여야 했다.

우리나라도 박정희 전 대통령 시절인 70년대 초에는 미사일 개발에 많은 투자를 해서 고체추진제 로켓기술은 세계적으로 상당히 높은 수준이었다. 그러나 위성을 발사할 수 있는 대형 고체추진제 로켓은 곧바로 중거리 탄도탄 등 대형 미사일로 손쉽게 변환할 수 있기 때문에 인공위성 발사를 위한 것이라고 해도 대형 고체추진제 로켓 연구개발에는 국제적으로 많은 제한과 저항이 있었다.

남아프리카 공화국의 경우도 인공위성 발사용 로켓을 개발하기 위해 이스라엘로부터 대형 고체추진제 로켓 기술을 도입하고 인공위성 발사용 우주센터도 건설했지만 국제사회의 무역제재와 고립화로 결국 고체추진제 우주로켓 개발을 포기하고 말았다. 이러한 이유 때문에 우리가 위성을 발사할 대형 우주로켓을 개발하려면 군사용보다는 평화적인 목적에 더 적합한 액체추진제 로켓만이 가능할 것이라는 생각을 하게 되었다.

액체추진제 로켓은 주로 발사 직전에 추진제를 로켓에 주입하는데, 주입 시간이 오래 걸려서 아무 때나 바로 발사할 수 있는 고체추진제 로켓보다 군사용으로는 부적합하다. 반면 액체추진제 로켓은 성능을 쉽게 조절할 수 있고 쉽게 대형화를 할 수 있는 등 장점도 많다. 그러나 우리나라는 1960년대부터 고체추진제 로켓 기술 개발에 많은 투자를 했기 때문에 불행하게도 액체추진제 로켓 기술은 전무한 상태였다.

하루빨리 액체추진제 로켓 기술을 익힌 과학자를 많이 확보하는 것이 국가 미래의 우주로켓 개발을 위해 중요하다고 생각했다. 당시는 러시아가 막 개방되고 있었기 때문에 세계 최고의 액체추진제 로켓 기술을 쉽게 확보할 수도 있었다. 그런데 예산이 없었다. 할 수 없이 액체 로켓 기술을 기초부터 독자적으로 확보할 수밖에 없었다. 나는 과학로켓 KSR-I의 추진기관의 개발이 끝나자마자 1~2명의 연구원만 KSR-II의 고체추진제 로켓 추진기관 개발에 참여시키고, 나머지 3~4명의 연구원은 액체추진제 로켓 엔진 기초연구에 전념하도록 했다. 당시 로켓 추진기관 연구 그룹의 연구원은 그룹장인 나를 포함해서 5~6명 정도였다. 그리고 러시아에서 액체추진제 로켓을 공부한 유학생들을 찾기 시작했다. 우리나라도 언젠가는 액체추진제 로켓이 필요할 날이 반드시 올 것이기 때문에 모든 것을 여기에 매진한 것이다.

당시는 과학로켓의 연구에 필요한 연구비가 년간 10억 원이 채 안 될 정도로 어려울 때였다. 때문에 추가로 액체추진제 로켓 관련 연구 예산을 지원받기는 거의 불가능한 상황이었다.

이때 초대 항공우주연구소장을 지낸 황보 한 한국통신 위성사업 단장이 무궁화 1호 사업으로 국내의 위성기술도 발전시키겠다며 기초연구 과제를 만들어 항공우주연구소를 지원해 주었다. 이 연구의 일부로 추력 2.2킬로그램짜리 위성 자세제어용 추력기를 개발했다. 추력기는 촉매에 하이드라진을 뿜어줌으로써 연소 반응이 발생하는 아주 초보적인 소형 액체추진제 로켓 엔진이었다.

당시 국내에는 추력기의 시험시설도 없고 촉매를 구입할 수도 없어서, 1994년 11월 중국 상하이에 있는 우주연구소에서 촉매를 구입했으며 그곳에서 우리가 만든 첫 액체추진제 로켓 엔진의 성능 시험을 성공적으로 할 수 있었다.

액체추진제 로켓 엔진의 개발

액체추진제 로켓을 국가의 정식 연구개발 프로젝트로 개발하려면 어떻게든지 액체추진제 로켓 엔진을 개발할 수 있는 능력을 길러야 했다. 추력 2.2킬로그램 급의 위성자세 제어용 추력기보다 훨씬 크고 연료와 산화제 모두를 액체로 사용하는 추력 180킬로그램급의 액체추진제 로켓 엔진을 연구하기 시작했다. 산화제는 질산(KNO₃)이고 연료는 아민인데 두 물질은 서로 접촉하면 즉시 불이 붙는 특성을 가지고 있어서 인공위성의 궤도 변경용 로켓 엔진에 많이 사용되었다.

당시 우리나라에는 액체추진제 로켓 엔진을 시험할 시설과 장소도 없었다. 할 수 없이 우리 연구소와 공동으로 액체추진제 로켓을 연구하고 있던 김동진 현대기술개발 사장(현 현대자동차 부회장)께 부탁하여 컨테이너를 하나 얻고 그 속에서 액체추진제 엔진 시험시설을 한 후 공터로 운반해서 액체추진제 로켓 엔진을 시험하는 계획을 세웠다. 왜냐하면 로켓 엔진의 성능 시험 중 폭발할 수도 있기 때문에 외진 곳으로 가야만 했다. 시험할 장소도 구하지 못해 고생하다가 당시 홍성완 (주)한화 대전 공장장의 도움으로 겨우 한화 대전 공장의 외진 빈터에서 시험할 수 있었다.

1995년 9월 6일 국내 최초의 소형 액체추진제 로켓 엔진을 지상 시험하는 데 성공했다. 드디어 우리나라에서도 액체추진제 로켓에 대한 연구가 시작된 것이다. 시험에는 예상보다 많은 시간이 걸렸다.

첫 시험을 할 때까지가 어렵지 두 번째 시험은 비교적 수월했다. 첫 번째 시험에서 문제가 되었던 부분을 수정해서 두 번째 시험을 준비했다. 1996년 2월 장근호 박사가 4대 항공우주연구소장으로 취임하면서 액체추진제 로켓 엔진 개발을 적극적으로 뒷받침해 주어서 두 번째 엔진의 연소 시험은 연구소 내에서 할 수 있었다. 시험은 성공적이었고 결과도 잘 나왔다.

그런데 실험 후 참관했던 연구소 간부들과 본관 쪽으로 걸어가고 있는데 갑자기 시험동 쪽에서 무엇인가 터지는 큰 소리가 들렸다. 불길한 생각에 그곳으로 달려가 보니 연소 시험이 끝난 직후 추진제 밸브가 잘 닫히지 않아서 문제가 발생했던 것이다. 당시 시험을 책임지고 준비하던 이수용 박사가 목숨을 걸고 컨테이너 속으로 뛰어 들어가 연료 밸브를 닫고 뛰어 나왔다. 추진제는 유독하기 때문에 가스를 마시면 생명이 아주 위험한데도 가스가 나오고 있는 컨테이너 속으로 방독 마스크를 쓰고 뛰어 들어갔던 것이다. 아찔한 순간이었다.

한 가지 일에 집념을 갖고 몰두하다 보면 연구원들은 물불을 못 가린다. 위험한 줄 알면서도 위험 속으로 몸을 던지는 것이다. 외국에서 액체추진제 로켓을 개발할 때 초기에 엔진의 폭발로 인명

사고가 많이 발생했기 때문에 우리는 늘 조심, 조심하면서 연구를 진행했다. 특히 우리나라에는 액체추진제 로켓 분야에 개발 경험이 있는 연구원들이 없는데다 사회적인 분위기 또한 한 번 인명사고가 나면 연구를 포기해야 할 형편이었다. 처음에는 경험이 없어 액체추진제 로켓 엔진 개발에 자신 없어 하던 연구원들도 시간이 지나갈수록 액체추진제 로켓 개발에 흥미를 가지기 시작했다.

국내 최초 액체추진제 로켓, KSR-III

미국의 로켓 회사에 기술 연수를 갔을 때 인상 깊었던 것이 하나 있다. 실제로 과학관측용 소형 액체추진제 로켓 엔진의 내부를 볼 수 있었던 것인데 그때 나는 자신감을 얻었다. 구조가 간단하여 저 정도 액체추진제 로켓은 우리나라에서도 충분히 개발할 수 있겠다는 생각이 들었던 것이다. 한국 최초의 액체추진제 로켓을 독자적으로 개발하겠다고 마음먹을 때 이 자신감이 큰 도움이 되었다.

연구소의 로켓 개발 사업단은 2단형 고체추진제 과학로켓(KSR-II)의 개발을 마무리하면서, 그 다음으로 3단형 과학로켓 KSR-III

를 준비하고 있었다. 그런데 3단형 과학로켓의 구조는 3단형 고체추진제 로켓을 개발하는 것이었다. 로켓의 추진 시스템을 고체추진제 시스템으로 할 것이냐, 액체추진제 시스템으로 할 것이냐 하는 것은 전적으로 사업단에서 결정하는 부분이었다. 그러나 우리가 KSR-III 사업에서 액체추진제 로켓의 개발 경험을 쌓지 못한다면 그 다음의 위성발사용 우주로켓 개발에서 액체추진제 로켓 시스템을 사용하기는 불가능해 보였다.

더욱이 우리나라는 국제적인 제한으로 비행거리가 180킬로미터 이상인 로켓은 개발할 수 없었는데, 3단형 과학로켓의 성능은 그 이상이고 국제적으로 아주 예민한 고체추진제 로켓을 3단형으로 개발하는 것은 개발 도중에 국제적으로 문제가 될 가능성이 높아 보였다.

KSR-III의 시스템을 액체추진제 로켓으로 바꾸기 위해서는 연구소의 로켓 개발사업단을 이해시키고 최종 결정권을 가지고 있는 정부부처의 관련자도 만나 액체 로켓 개발의 필요성과 고체추진제 로켓의 문제점을 이해시켜야 했다. 크기가 작지만 액체추진제 로켓 엔진을 만들어 1995년 시험에 성공한 것이 효과가 있었는지 조금씩 액체추진제 로켓 개발에 긍정적인 반응을 보이기 시작했다. 연구소 로켓사업단의 각 분야 팀장들에게도 액체추진제 로켓 엔진의 개발은 내가 책임지고 할 테니 함께 도전해 보자고 설득했다. 로켓처럼 복잡한 시스템은 구조, 추진기관, 체계, 전장, 유도제어 등으로 나누어 연구를 하게 된다. 설득한 효과가 있었는지 얼마 후 KSR-III 시스템의 1단은 고체추진제 로켓으로, 그리고 2단은 액체추진제 로켓으로 개발하기로 결정됐다. 드디어 국가 프로젝트로 액체추진제 로켓을 개발할 수 있는 가능성이 보이기 시작한 것이다.

KSR-III 시스템이 3단형 고체추진제 로켓에서 1단은 고체추진제 로켓으로 2단은 액체추진제 로켓으로 수정된 것까지는 좋았다. 그런데 개발 비용이 많이 필요한 액체추진제 로켓이 2단 로켓으로 포함되면 로켓의 규모가 아주 작아질 뿐만 아니라, 짧은 기간 동안에 몇 명밖에 안 되는 추진기관 연구팀의 인력과 한정된 예산으로 동시에 고체추진제 로켓과 액체추진제 로켓을 개발한다는 것은 당시 우리의 실정에는 거의 불가능한 것이었다. 사실 액체추진제 로켓 개발에서 외국의 도움이나 기술이전을 받을 수 있는 처지두 못될 뿐만 아니라 충분한 경험도 없는 상태에서 4~5년 안에 비행시킬 만한 액체추진제 로켓을 순수하게 국내에서 독자기술로 개발하는 것은 쉬운 일이 아니었다.

한편으로는 액체추진제 로켓 연구를 하면서 사업단과 정부에 액체추진제 로켓만으로 3단형 과학로켓을 개발하자는 의견을 계속해서 제시했다. 결국 정부는 액체추진제 로켓 아이디어를 처음으로 제시한 내게 책임지고 KSR-III 개발 계획을 세우도록 했고, 나는 액체추진제 로켓만으로 KSR-III를 개발하는 새로운 계획서를 정부에 제출했다. 그리고 1997년 12월 24일, 과학기술부는 IMF 상태인데도 4년 동안 580억 원을 투입하는 국내 최초의 액체 과학로켓 개발 계획을 과감하게 승인해 주었다.

KSR-III 개발 사업의 연구비는 KSR-II보다 10배 이상 늘어난 대형 연구개발 사업이었다. 사업은 시작되었지만 1차년도 개발 예산은 25억 원이었다. 그리고 IMF 때문에 국가경제가 어려워지면서 2차년도와 3차년도 개발 예산은 모두 전년도와 같이 동결되었다. 정부에서 받는 연구비에서 연구원들의 인건비를 제하고 나면 실제 로켓 개발에 쓸 돈은 별로 없었다. 연구비 지원이 계획대로 안 되자 주변에서는 KSR-III가 만들어져서 성공적으로 발사되면 손에 장을 지지겠다고 조롱하는 사람들도 늘어났다.

그러나 뜻하지 않은 소식이 우리의 연구개발에 힘을 실어 주었는데 그것은 바로 1998년 8월 31일 북한이 인공위성 발사를 시도

한 것이다. 그날 나는 로켓 엔진 시험을 할 수 있는 장소를 찾기 위해 수원에 갔다가 연구소로 돌아와 이 소식을 들었다. 드디어 북한이 위성을 발사했구나! 이제 세상이 좀 시끄러워지겠다는 생각이 들었다.

이것이 인공위성이냐? 미사일이냐? 인공위성 발사는 성공했는가? 실패했는가? 국내뿐 아니라 전 세계가 시끄러웠다.

결국 북한의 위성 발사는 실패로 끝났지만 우리나라도 빨리 인공위성을 국내에서 발사하자는 여론이 형성되기 시작했다.

KSR-III 사업에도 큰 변화가 생겼다. 정부는 2005년까지 우리 인공위성을 우리 로켓으로 우리 땅에서 발사하겠다며 우주개발 계획을 앞당겼다. 액체추진제 로켓의 중요성이 재인식되면서 KSR-III의 개발 예산도 580억 원에서 780억 원으로 증액됐다. 뿐만 아니라 1998년도 로켓연구 예산도 30억 원에서 198억 원으로 증액됐다.

그해 9월, 나는 무궁화 3호 발사를 참관하고 돌아오는 길에 프랑스에 들려 KSR-III에 사용할 액체 로켓의 핵심 부품 구입과 관련해 제작업체와 협의했다. 모두들 로켓 부품의 판매에 관심이 있었으나, 사업이 끝날 때까지 해외에서 액체추진제 로켓의 부품을 구입하는 것은 불가능했다. 왜냐하면 우리나라가 미사일기술통제체제 (MTCR) 회원국이 아니기 때문에 모든 로켓 부품의 해외 구입은 불가능했던 것이다. 당시 정부에서는 MTCR 가입을 위한 협상을 하고 있었지만, 협상은 큰 진전 없이 진행되고 있어서 언제 우리가 회원국이 될지 전혀 예측할 수 없는 상황이었다. 할 수 없이 개발 방법을 바꾸어 액체추진제 로켓의 모든 부품을 국내에서 개발하기로 했다. 액체추진제 로켓의 개발은 시간이 지나갈수록 점점 더 어려워지고만 있었다.

특히 로켓 엔진을 국내에서 개발하는 것이 가장 큰 문제였다. 로켓의 모든 부품을 국내에서 자체 설계 제작하다보니 로켓 전체의 무게가 계속 상승하는 것이었다. 설계회의를 할 때마다 로켓의 무게가 상승했고 문제점이 여기저기서 터져 나왔다. 로켓의 상세 설계가 진행될수록 전체의 무게가 증가하여 당초보다 더 큰 추력의 로켓 엔진이 필요했다. 1997년 12월, 7톤의 크기로 시작된 로켓 엔진은 최종적으로 13톤으로 두 배 가까이 늘어났다.

2000년 4월, 각고의 노력 끝에 추력 1톤급 축소형 엔진의 지상시험이 성공했다. 그리고 6월, 우리는 첫 번째로 추력 13톤 급의 로켓 엔진을 만들어 러시아 니히마쉬 로켓시험연구소로 보냈다.

엔진의 제작도 어려웠지만, 성능 시험을 하는 것도 만만치 않았다.

우선 로켓 엔진을 만들어서 러시아로 보내는 것부터가 문제였다. 러시아가 막 자유화되면서 혼란스러울 때라 그런지 공식적으로 로켓 엔진을 보내는 것이 무척 어려웠다. 비공식적으로 업체를 통해 보낼 수는 있었는데 이럴 경우 도중에 로켓 엔진이 분실되면 어디에 하소연할 수도 없었다. 그러나 백방으로 알아봐도 업체를 통해 비공식적으로 보내는 방법이 가장 빨랐다.

한편으로는 걱정이 많이 되었는데 만일 러시아의 시험장으로 엔진을 이동하는 도중 북한이나 다른 나라로 넘어갈 수도 있었기 때문이었다. 그러나 다른 방법이 없었다. 하루빨리 연소 시험을 해야 하는데 시험을 할 수 있는 나라는 미국과 러시아 정도이니……. 결국 러시아로 엔진을 보냈다. 몇 달 뒤 우리 엔진을 본 러시아 기술자들은 불이 붙기도 힘들게 생겼다며 시험하는 것을 주저했다. 직접 방문할 수밖에 없었다.

2000년 6월 19일, 러시아로 출장가서 내가 모든 책임을 지기로 하고 엔진에 불을 붙이기로 협의했다. 1993년 초, 처음 러시아의 엔진 시험장을 방문했을 때 우리 로켓 엔진을 이곳에서 시험했으면 좋겠다고 생각했었는데 7년 뒤 결국 우리 로켓 엔진을 그곳에서 시험하게 된 것이다.

드디어 6월 23일, 러시아에서 우리 로켓 엔진의 첫 성능시험이 진행됐다. 엔진은 0.2초 동안 성공적으로 작동했다. 우리의 로켓 엔진은 60초 동안 작동해야 하는데 러시아에서는 국제적인 문제 때문에 8초 동안밖에 시험을 해 줄 수 없다고 했다. 할 수 없이 러시아 연구소에서는 8초까지만 연소 시험을 하고 더 길게 하는 시험은 항공우주연구소에 건설하고 있는 연소 시험장에서 하기로 했다.

항공우주연구소에서의 첫 시험은 2001년 3월 실시되어 3.8초 동안 성공적으로 진행됐다. 그리고 순조롭게 연소시간을 조금씩 늘렸다.

그러나 연소시간이 20초 정도 되었을 때 연소실이 폭발하는 문제가 발생했다. 폭발이 얼마나 심했던지 연소시험장에 설치된 두께 20센티미터 이상의 철문이 나가떨어질 정도였다. 연구원들은 엔진의 연소실 속에 배플이라는 것을 설치하여 이 문제를 가까스로 해결했다. 드디어 2002년 5월 19일, 60초의 연소 시험이 성공했다.

엔진의 연소 시험이 끝나자 실제로 발사할 로켓의 추진제통과 밸브를 사용하여 엔진을 연소 시험하는 것이 기다리고 있었다. 이 시험에 성공해야 실제로 발사할 수 있는 것이다. 이 시험부터는 위험해서 연구원에서는 할 수가 없었다. 서해안에 임시로 시설을 설치하고 그곳에서 시험을 진행시켰다.

우리는 2002년 5월 30일 진행된 시험에서 35초 동안 시험하는 데 성공했고, 6월 27일에는 엔진을 원하는 방향으로 움직여주는 김벌링 시험까지 하면서 55.3초까지 시험하는 데 성공했다.

2002년 11월 28일 14시 52분 26초, 드디어 한국 최초의 국산 액체추진제 로켓인 KSR-III가 서해안에 마련된 임시 발사장을 출발하여 231.8초 동안 79.5킬로미터를 성공적으로 비행했다. 몇 년 동안 백여 명의 연구원들과 산업체의 기술자들이 한마음으로 열심히 노력한 결과, 기초연구를 시작한 지 10여 년 만에 100% 국산 액체추진제 로켓이 드디어 하늘로 올라간 것이다. 어려서부터 꾸었던 불가능할 것 같았던 꿈이 드디어 이루어지는 순간이었다.

북한의 미사일 개발과 위성 발사

북한은 1998년 8월 31일 대포동 1호를 이용, 인공위성 발사를 시도하면서 주변국들의 관심을 끌기 시작했다. 북한의 우주발사체 기술은 러시아의 미사일 기술로부터 나왔다. 북한이 현재 보유하고 있는 미사일은 크게 두 종류이다. 즉 고체추진제 미사일과 액체추진제 미사일이다. 고체추진제 미사일로는 프로그 미사일이 있으며, 액체추진제 미사일로는 스커드 계열의 미사일과 북한의 독자모델인 노동 미사일, 대포동 미사일이 있다.

북한의 대포동 1호

대포동 1호는 우주발사체인가?

북한이 개발한 대포동 1호는 2단 미사일이다. 대포동 1호는 1단 로켓으로 노동 1호의 추진기관을 사용했으며, 2단은 스커드 미사일의 추진기관을 사용했다. 사정거리는 2,200~2,900킬로미터이며 총 길이는 25미터, 직경은 1단이 1.3미터, 2단이 88센티미터이다. 발사할 때의 총 무게는 22톤이며, 추력 26톤짜리 액체추진제 엔진을 사용한 것으로 추정된다. 1998년 8월 31일, 북한은 대포동 미사일을 3단 우주발사체로 개량하여 발사 시험을 시도했다.

이렇게 대포동 미사일을 우주발사체로 개량하여 발사 시험했을 경우 좋은 점은 미사일로서의 비행 성능을 확인할 수 있을 뿐만 아니라, 대형 미사일 시험에 대한 주변 국가의 비난을 정당하게 피할 수 있으며, 위성발사에 성공했을 경우 첨단과학기술 보유국으로 국가의 국제적 위상을 높일 수 있다는 점이었다.

그러나 북한의 대포동 1호의 추진제 특성을 보면, '순수한 상업용 우주발사체로 사용하기 위한 우주로켓'이라기보다는 '미사일로 사용하기 위한 액체로켓'으로서의 성격이 강하다.

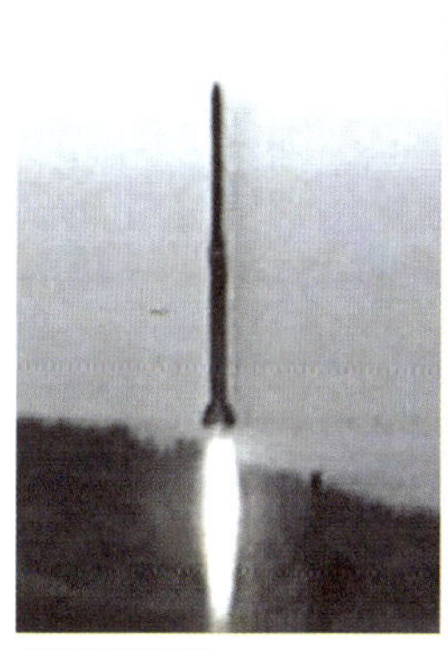

북한의 대포동 1호

1998년 8월 31일 북한은 대포동 1호을 이용해 인공위성을 발사했다고 발표했다.

북한이 발표한 대포동 1호 발사 관련 자료를 보면, 미사일의 발사대 및 조립탑 등 발사 관련 시설을 중국으로부터 기술 이전 받았다는 것을 알 수 있다.

우선, 북한이 발표한 북한의 첫 인공위성 광명성 1호의 모습과 중국의 첫 위성인 동방홍 1호의 모습이 아주 흡사하고, 중국의 우주과학자들 중 북한을 방문하여 인공위성 관련 기술을 이전한 과학자들이 있는 점 등으로 미루어 북한의 위성기술은 중국으로부터 이전받았다는 것을 추정할 수 있다.

대포동 1호의 비행 과정

대포동 1호는 1998년 8월 31일 낮 12시 7분 함경북도 화대군 무수단리 발사대를 떠나 86도 방향인 태평양을 향해 발사되었다. 발사 1분 24초 후인 12시 8분 24초에 1단 로켓이 분리되면서 2단 로켓이 점화되었다. 분리된 1단 로켓은 발사 지역으로부터 253킬로미터 떨어진 동해상에 떨어졌다.

발사 후 4분 24초 뒤인 12시 11분 24초에는 2단이 분리되고, 3단 고체추진제 로켓이 점화되었다. 분리된 2단 로켓은 발사 후 10분 4초 뒤에 태평양

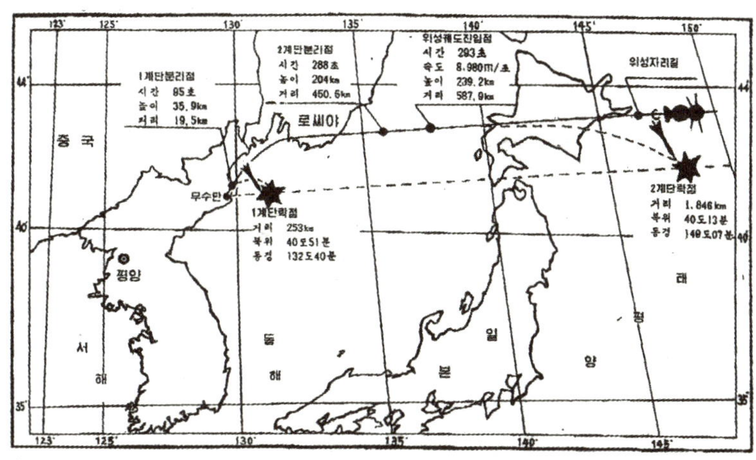

대포동 1호의 비행궤도

에 떨어졌다. 미국과 일본에서는 3단 로켓이 점화되고 잠시 후 폭발하여 인공위성을 궤도에 진입시키지 못했다고 발표했다. 그리고 폭발한 3단 로켓의 잔해는 알래스카 근처에 떨어졌다고 했다.

물론 북한은 발사 후 4분 53초 만에 대포동 1호가 타원궤도에 성공적으로 진입했으며 지구를 한 바퀴 도는 시간은 165분 6초라고 발표했다. 뿐만 아니라 27MHz로 전파를 내보내고 있다고까지 했다.

그러나 최고 수준의 우주감시체제 능력을 갖춘 미국우주사령부에서 북한의 위성을 찾지 못했다고 발표했으므로 북한의 인공위성 발사는 마지막 단계에서 실패한 것으로 보아야 할 것이다.

1980년 1월, 사전총통과 팔전총통을 발사대에 설치하고 발사를 준비하고 있다.

1979년 유한대학 교수 시절 첫 번째 복원한 화차 앞에서 아내 강사임 교수와 함께 찍은 사진. 가운데에 문종 화차가 있다.

1987년 나는 미국 미시시피 주립대학교 항공우주공학과에서 공학 박사학위를 취득했다. 왼쪽에서 계신 분들이 지도교수 탐슨 박사 내외이다. 나는 딸 수안을 안고 있고, 오른쪽에 아내가 아들 수강을 안고 있다.

1987년 8월, 미국 NASA 글렌 우주센터에서 방문교수로 근무할 때

1992년 모스코바 우주박물관의 로켓 앞에서 에네르기아 우주연구소의 필린 씨와 함께

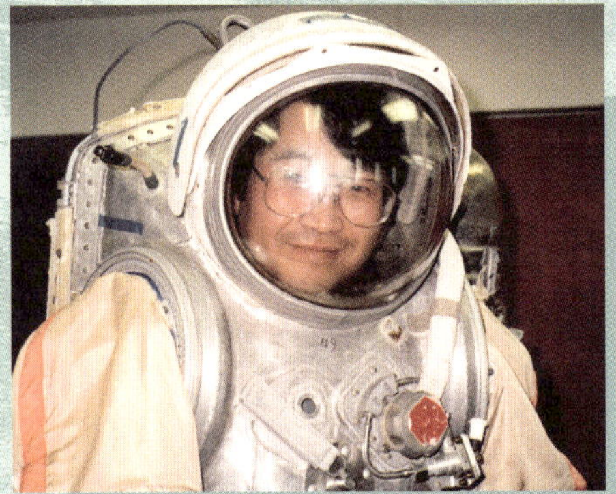

1992년 2월, 러시아 스타시티의 우주인 훈련장에서 수중무중력 우주복을 입고

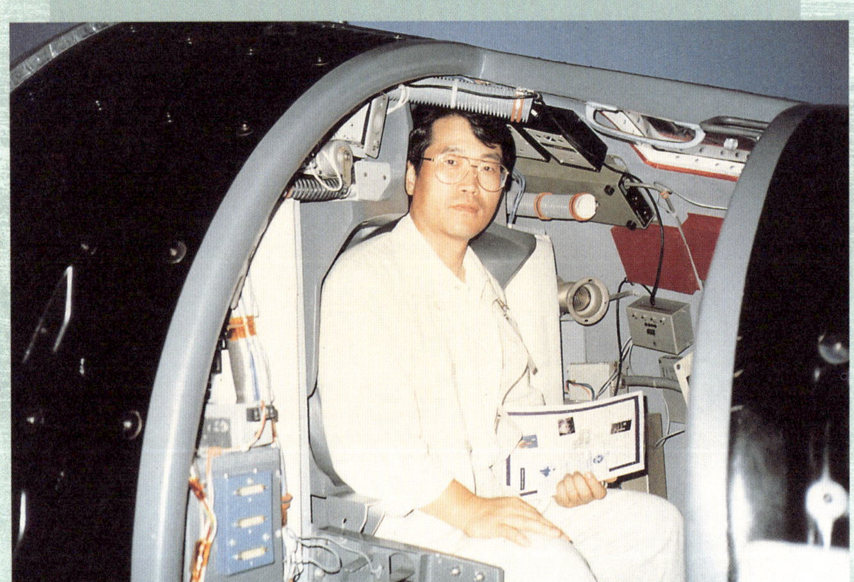

1995년 헌츠빌의 스페이스 캠프에서 우주왕복선 조종 훈련 모델에 앉아서

미국 유학 시절이었던 1982년 6월, 앨라배마 주에 위치한 헌츠빌 우주센터 로켓 공원에서

1982년 NASA 헌츠빌 마샬 우주센터에서 아내와 함께

1983년 10월, 헝가리 부다페스트에서 열린 제34차 국제항공우주학회에서 발표된 「한국의 고대 로켓 연구 A Study of Early Korean Rockets (1377~1600)」

1993년 4월, 대전 엑스포 개최 100일 전 기념행사로 대전 연구단지 내 중앙과학관 앞 갑천 고수부지에서는 100발의 신기전을 발사하는 행사가 진행됐다. 이날 화차의 신기전 발사틀에 장착된 중, 소신기전은 점화와 동시에 100미터에서 200미터까지 날아갔다. 신기전이 세종 때 만들어진 지 545년 만에 되살아나는 순간이었다.

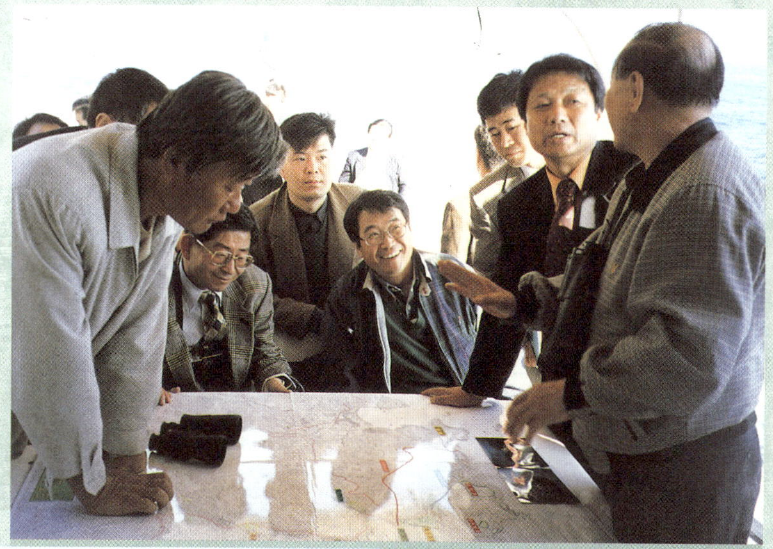

1999년 10월, 한창 우주센터 후보지를 조사하러 다닐 때 지도를 보며 배에서 관계자들과 대화를 나누고 있다.

1999년 8월 마라도에서 최석식 과학기술부 국장과 함께. 이즈음 나는 적당한 우주센터 부지를 찾기 위해 전국을 돌아다녔다.

1995년 9월 6일, 국내 첫 액체추진제 로켓 엔진 시험에 성공한 뒤

2000년 6월 러시아의 로켓시험연구소. 국내에서 개발한 액체추진제 로켓 엔진을 시험하기 앞서 러시아의 마카로프 연구소장이 설명하고 있다.

2002년 7월, KSR-Ⅲ 엔진을 마지막으로 조립한 후 발사장으로 보내기 직전, 참여 연구원들과 함께

2000년 6월 23일, 국내 액체추진제 로켓 엔진을 성공적으로 시험한 후, 시험에 참여한 러시아 연구원들과 함께 조촐한 보드카 파티를 열었다. 나는 오른쪽 맨 끝에 서 있다.

1993년, 김시중 과학기술처 장관이 한국항공우주연구원을 방문했을 때. KSR-Ⅰ 로켓에 대해 설명하고 있다.

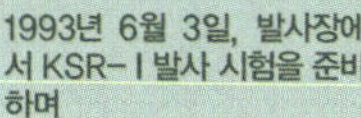

1993년 6월 3일, 발사장에서 KSR-Ⅰ 발사 시험을 준비하며

연구소에 있는 KSR-II 발사대 앞에서

V

우리는 이제
우주로 간다

내가 어린 시절에 만화 속에서만 있는 일인 줄 알았던 것들이
지금 눈앞의 현실이 되고 있다. 꿈이란 그런 것이다.
잡히지 않을 것 같고 불가능해 보이지만
열심히 파고들면 자신도 모르는 사이에 바로 내 것이 되는 것이다.
우리의 우주산업도 지금, 그렇게 꿈을 현실로 만들며
한 발짝 한 발짝 앞으로 나가고 있다.

우리에게도 우주센터가 필요해

미국에 유학 갔을 때인 1980년대 중반, 방학을 맞이하여 케네디 우주센터를 방문한 적이 있다. 그때 엄청난 규모의 우주센터를 보며 한없이 부러워했던 기억이 난다.

'언제 우리는 이런 우주센터를 가질 수 있을까?'

'과연 우주센터를 가질 수는 있을까?'

로켓을 개발하면서 가장 필요한 것은 로켓 시험발사장, 즉 미국의 케이프케네디와 같은 우주센터이다. 한국항공우주연구소에는 로켓발사 시험시설이 없어서 매번 국방과학연구소의 시설을 임시로 빌려 사용했는데, 그 과정에서 많은 문제점들이 발생했다. 지리적으로 인공위성을 발사할 수 없는 곳인 데다가, 장기적인 차원에서 이곳에 시설 투자를 하기가 어려웠다. 또 이곳은 여러 가지 시험이 많기 때문에 우리가 사용할 시간을 잡기가 어려웠고, 시간을 잡아도 날씨 문제 때문에 발사가 연기되면 모든 장비를 대전까지 철수해야 했다.

한 번 로켓을 발사하려면 최소한 트럭으로 10여 대 이상의 발사 관련 장비를 발사장으로 이동해야 한다. 그런데 날씨가 좋지 않거나 로켓에 문제가 생기거나 해서 발사가 연기되면 발사장으로 옮긴 장비를 다시 대전의 연구소로 가져왔다가 또 다시 발사장으로 옮겨야 했다. 예산 낭비와 시간 낭비가 무척 심했다. 우리만의 전용 로켓 발사장이나 엔진 시험 시설 없이 독자적으로 마음놓고 고성능 로켓을 개발한다는 것은 불가능한 일이었다.

그러나 우주개발을 위해 마음놓고 사용할 수 있는 발사장을 갖는 것은 수십만 평의 부지 확보와 수천억 원의 예산이 필요한 문제였기 때문에 로켓 발사장을 확보하는 것은 꿈만 같은 것이었다.

우리나라에서 인공위성을 발사하려면 발사된 로켓과 인공위성이 필리핀과 일본 사이로 태평양까지 남동쪽으로 비행하며 지구궤도로 진입해야 하기 때문에 지리적인 측면에서 볼 때 우리나라에서 인공위성 발사장으로 가장 좋은 지역은 제주도 남쪽 해안가이고, 그 다음으로 좋은 곳이 전라남도 남해안이다.

1993년 1월 13일 조선일보를 보는데 눈에 확 들어오는 기사가 있었다. '제주 송악산 종합관광단지 개발 시동'이라는 제목의 기사였다. 이 신문기사에는 제주도 남제주군 대정읍 상모리 모슬포 해안가의 송악산 일대가 종합관광단지로 떠오르고 있다는 내용이었다. 이 지역은 일제강점기시대에 일본이 중국을 공격하기 위해 비행장을 건설해 사용했던 지역이다. '모슬포 공군 비행장' 근처에는 그때 건설한 활주로와 비행기 격납고가 아직도 남아 있다.

하여튼 국방부에서 이 근처에 많은 땅을 갖고 있다는 것을 알게 되었다. 바로 이 땅을 우주로켓 발사장으로 사용하면 좋을 것 같은 생각이 들었다. 사실 우리나라에서 로켓을 발사하기 좋은 지역에 넓은 부지를 얻는다는 것은 쉽지 않은 일이다. 지역의 자치단체나 국가가 갖고 있는 땅도 많지 않은 형편인데 국방부에서 우주로켓 발사장으로 가장 좋은 위치에 넓은 땅을 갖고 있다니 하늘이 우리나라의 우주개발을 돕는다는 생각이 들었다.

1998년 8월에는 관련 부처에 연락을 해서 우주센터 건설을 위한 부지 사용 문제를 의논했다. 군에서 가지고 있는 부지 중 일부를 로켓 발사장으로 활용할 수 있게 해 준다면 발사장 문제는 쉽게 해결될 수 있을 것 같았다.

연구소에서 오랫동안 일을 해 보면 연구 시설 건설 부지를 확보하는 것이 무척 힘든 일이라는 사실을 알게 된다. 정부에 연구소나 시험시설 건설 부지를 사 달라고 요청하면 아주 특별한 경우를 제외하고는 거의 모두 거절당한다. 정부가 땅을 사 주면 그 다음에는 시험시설을 사 달라고 하고 또 건물을 지어 달라고 하니 처음부터 땅을 사 주지 않으면 모든 것이 편하기 때문인지도 모르겠다.

사정이 이러니 수백만 평의 땅을 사고 거기에 로켓 발사 시설을 건설하는 것은 정말 어려운 문제였다. 때문에 군에서 이미 확보하고 있는 지역의 일부를 사용할 수 있다면 훨씬 쉬울 것 같았다. 그러나 군에서는 그 지역에 대한 활용 계획이 이미 확정되어 있어 제공할 수 없다는 연락을 보냈다. 미국의 우주로켓기지인 케이프커내버럴도 공군 소유로 되어 있고 미국 서부의 반덴버그 우주센터도 미 공군 소유로 되어 있다. 군의 땅을 우주센터로 사용할 수 없다면 국내에서 인공위성을 발사할 수 있는 우주센터를 건설하기는 어렵겠다는 생각이 들었다.

우주센터는 어디로?

북한이 대포동 1호를 이용하여 인공위성 발사를 시도하자, 우리 정부에서도 인공위성의 국내 자력발사에 관심을 갖기 시작했다. 이에 정부는 국내에 우주센터를 건설하고 2005년까지 100킬로그램급 과학위성을 국내의 우주센터에서 발사할 것이라고 발표했다.

2005년에 자력발사를 하기 위해 중요한 것 중 하나는 우주센터를 건설하는 것이었기 때문에 건설 준비를 하나씩 시작했다. 가장 급선무는 적당한 부지를 찾는 것이었다. 우선 1999년 3월부터 7월까지 우주센터 후보지 조사용역을 실시했다. 특히 경상남도에서는 우주항공 산업이 부가가치가 큰 차세대 미래 산업으로 도의 산업 발전에 중요하다며 우주센터를 유치하기 위하여 부지사를 위원장으로 하는 우주센터유치위원회를 구성하는 등 심혈을 기울였다. 경상남도의 우주센터 유치 노력이 알려지자 전국의 11개 시도에서 유치 신청을 하는 등 우주센터 건설이 전국적으로 관심의 대상이 되었다.

많은 지방자치단체에서 우주센터에 관심을 갖고 있었지만 지역적으로 월등히 좋은 위치에 있는 제주도에서는 별다른 관심이 없

는 듯했다. 무관심한 정도가 아니라 4월 초에는 도 차원에서 과학
기술부에 공문을 보내 우주센터 후보지에 제주도를 제외시켜 달라
고 공식적으로 요청했다. 우리나라처럼 작은 나라는 우주센터를
몇 개씩 가질 수가 없기 때문에 지리적으로 정말 좋은 곳에 우주센
터를 건설해야 하는데 우주센터 후보지에서 제주도를 제외시켜 달
라니 이건 정말 국가 미래를 위해서도 좋지 않은 일이라는 생각이
들었다.

도지사가 우주센터가 지역발전에 얼마나 좋은지 모르고 이런 결
정을 내렸으리라 생각하고 도지사에게 직접 편지를 쓰기도 했다.
제주도로 직접 내려가 주민들을 상대로 우주센터 설명회를 개최하
였다. 그러나 설명회에서는 참석 주민들의 반발이 예상 외로 너무
커서, 우주과학센터를 왜 유치해야 하는지에 대한 설명은 하나도
하지 못한 채 끝나고야 말았다. 지역 정서에도 안 맞고, 원하지도
않는다는 것이 주민들의 주장이었다. 결국 제주도에 우주센터를
세우고자 하는 마음은 접을 수밖에 없었다. 주민들의 반대가 심하
니 포기할 수밖에 없었던 것이다.

이제 다른 지역들을 찾아봐야 했다. 지리적인 위치 때문에 결국
은 경상남도 남해군 상주면 양아리와 전라남도 고흥군 봉래면 예

내리 하반, 두 후보지만 남았다. 우리는 세심하게 답사를 했다. 우주센터 전문가들은 전라남도 고흥이 경상남도 양아리보다 우주센터 후보지로 더 좋다는 결론을 내렸다. 2001년 1월 31일, 우주센터 건설부지로 전라남도 고흥군 봉래면 예내리 하반마을 일대 150만 평이 결정되었다. 드디어 우리나라의 우주센터를 건설할 장소가 결정된 것이다. 곡절도 많았지만 우주센터를 갖게 된다는 꿈에 한 발짝 더 가까이 가게 된 것이다. 물론 아직 넘어야 할 고개가 많지만 말이다.

나로 우주센터

2003년 8월 8일, 역사적인 우주센터 건설 착공식이 고흥 외나로도 현장에서 고건 총리를 비롯하여 박호군 과학기술부 장관 등이 참석한 가운데 열렸다.

우주센터가 들어선다는 것은 우주기술의 자립을 의미한다. 이 나로 우주센터는 우리나라 우주개발의 전초기지가 될 것이다. 미국의 케네디 우주센터는 오지 벽촌에 세워졌지만 지금은 관광 명소가 되었다. 물론 항공우주 산업의 첨단 생산기지로서의 역할은 두말할 것도 없다. 아마 나로 우주센터도 다도해 국립공원과 연결돼 새로운 관광 명소가 될 것이다.

정부는 2008년 말까지 3,125억 원을 투입해 150만 평의 부지에 로켓 발사대, 발사임무 통제시설, 조립 및 시험시설, 추진기관 시험시설, 우주체험관, 프레스 센터 건설을 마무리짓고 미국 케네디, 일본의 다네가시마 우주센터와 같이 우주개발 산업의 메카로 육성한다는 계획을 세웠다. 우주센터가 준공되면 우리나라는 세계 열세 번째로 우주센터를 보유한 우주선진국 대열에 들어서게 되며, 우리나라의 우주 과학기술자들은 우주를 개발하는 데 필요한 시험을 마음놓고 할 수 있게 된다. 이제 제대로 만들어 내는 일만 남은 것이다.

2005년 여름, 어느 모임에 참석했다가 우연히 남제주군의회 의장을 만났다. 우주센터를 제주도에 유치하기 위하여 무척 노력을 많이 하신 분이었다. 지금 우주센터와 관련된 제주도의 분위기를 이야기해 주었다. 제주도에서는 왜 이렇게 중요한 우주센터를 유치하지 못했는지에 대한 조사가 벌어지고 있다는 것이었다. 지난번 제주도의 대정에서 열린 우주센터 설명회에서 주민들의 반대가 심해 인사만 하고 단상을 내려오며 속으로 '다른 곳에 우주센터가 만들어지면 이곳은 반드시 후회하게 될 것이다'라고 예감했었는데 그것이 현실로 되었다는 생각이 들었다. 과학기술자가 이토록 신뢰를 받지 못한다는 것이 안타까웠다.

우주센터 후보지를 선정할 때, 핵폐기물 처리장 선정 때처럼 지역 주민과 NGO의 반대로 무산되는 것은 아닌지, 혹은 정치적인 문제로 북한이 반대하지는 않을지 마음을 조였는데 어떻든 5년간의 공사를 마치고 이제 우리나라에서 우리의 로켓으로 인공위성을 우주로 쏘아 올릴 수 있게 되었다니 정말 감개무량하다.

우주센터의 건설은 한국의 많은 우주과학자들의 꿈이기도 하지만 로켓과학자의 꿈을 품고 소형 로켓을 만들어 시험하다 폭발로 고막을 잃은 지 40년 만에 이루어지는 나의 큰 꿈이기도 하다. 그래서 내게는 더욱더 각별할 수밖에 없다.

꿈의 산실, 한국항공우주연구원

지난 2008년 4월 8일, 이소연 박사를 태운 소유즈 우주선이 바이코누르 발사장에서 발사되는 모습을 현장에서 지켜보는 나의 가슴은 매우 벅찼다. 그동안 세계 각국의 많은 우주인이 우주로 발사되었지만 그날처럼 가슴 울렁거리며 지켜본 적도, 그날처럼 무사 귀환을 간절히 기도했던 적도 없었던 것 같다. 1969년 아폴로 우주선을 타고 달에 갔던 암스트롱이 무사히 지구로 돌아오기를 기원한 이후 처음이었다. 누구보다도 우주비행이 위험하다는 것을 잘 알고 있기 때문에 무사히 돌아오기만을 간절히 기원했다.

다행히 이소연 박사는 우주비행을 성공적으로 마치고 돌아왔고, 이후에 국제 공동 달 탐험 참여 등 우주개발 계획이 촉진되고 있어 우주인 배출은 이것만 가지고도 성공했다는 기분이 든다.

또한 우주에서의 활동 모습을 지켜보며 우주과학에 대한 꿈을 키우는 어린이들이 얼마나 많을지 생각하면 더욱 가슴이 뿌듯하다. 어린 시절 신문과 책에서의 로켓 이야기에 매료돼 지금까지 이 길을 걷고 있는 나처럼, 이번의 우주인 배출로 많은 어린이들이 우주로 향하는 꿈을 꾸게 된다면 더없이 좋을 것 같다.

실제로 우주인 배출 이후 지방의 학교에 강연을 가 보면 청소년과 국민들이 우주개발과 과학기술에 대해서 많은 관심을 갖고 있다는 것을 느낄 수 있었다. 분명, 이번의 우주인 배출은 성공적이었다는 생각이다.

하지만 모든 일이 그렇듯 처음에는 어려움도 많았다. 우주인 배출 계획이 처음 제기됐을 때는 정치적인 배경을 의심받기도 하고 시기상조라는 말도 들었다. 우주인 배출은 국가우주개발 중장기 계획에 포함되었던 것이라 연구원에서도 적극적으로 추진했다. 그러나 우주인 배출에 필요한 예산의 일부를 방송사로부터 후원받기로 계획했는데 처음에는 KBS, MBC, SBS 등 방송 3사가 모두 관심을 보이지 않았다. 당시 오명 부총리가 직접 방송사 사장과 회장을 만나 설득했고, MBC에는 내가 직접 방문해 사장을 비롯한 간부들에게 설명했다. 담당자와 함께 러시아의 우주인 훈련센터를 갔다 오기도 했지만 최종적으로 SBS에서 맡게 되었다. 주관 방송사가 선정되고 나니 일이 빨리 진행되었다. 중간에 우주인 후보가 바뀌는 일도 있었지만 이소연 박사가 우주인으로서 임무를 잘 완수하여 우주인 배출은 성공적이었다.

한국항공우주연구원에는 나처럼 어린 시절부터 이 분야에 대해 특별한 관심을 가지고 꿈을 키워 온 연구원들이 많이 있다. 머리 좋은 사람도 중요하지만, 자신의 분야에 깊은 관심과 사명감을 가진 사람이 장기적으로 볼 때 더 큰 일을 해낸다고 생각한다. 그들이야말로 우리 연구원의 경쟁력이며, 앞으로 계속 큰 일을 해낼 수 있는 원동력이다.

2002년에는 한국항공우주연구원 원장 공모에 응모했다. 당시 한국항공우주연구원은 우주센터 건설, 우주발사체 개발 등 로켓 전문가가 원장이 되기에 유리한 시기였다. 여러 번 투표를 통해서 결국은 내가 6대 연구원장으로 뽑혔다. 그리고 이날을 축하라도 하는 듯 서울에 첫눈이 내렸다.

연구원 원장으로 3년 동안 일하면서 노력한 것은 연구원들이 신바람이 나서 연구에 몰두할 수 있도록 하는 것이었다. 옛날에 유한대학에서 교수들이 학생을 잘 지도할 수 있도록 배려하는 것을 경험한 것이 큰 도움이 되었다.

그 다음으로 힘쓴 것 중 하나가 연구결과와 국가 항공 우주개발 계획을 국민들에게 알리는 것이었다. 덕분인지 취임하던 해의 연구원 예산이 1,600억 원 정도였는데 3년 후에는 3,000억 원 이상의 수준으로 연구 예산도 많이 늘어났다.

그리고 연구원들을 많이 만났다. 저녁식사를 연구원에서 함께 하면서 일주일에 한 그룹씩 만났다. 모임에는 행정과장도 참석하여 연구원들로부터 애로사항을 직접 들었고 바꿀 수 있는 것은 바꾸어 나갔다. 2003년 8월 8일에는 고흥 외나로도에서 우주센터의 건설을 시작하였고, 2004년 12월에는 러시아와 우주로켓 KSLV-1 의 공동개발을 계약해 우리나라의 우주개발이 본격적으로 진행될 수 있도록 기초를 다진 것도 큰 보람이었다.

로켓에 꿈을 실어

나는 한국항공우주연구소가 1989년 10월 10일 창설될 때 우주 추진기관 그룹장으로 한국의 로켓 개발에 참여했다. 우주추진기관 그룹은 로켓과 인공위성에 필요한 고체나 액체추진제 로켓 엔진을 연구 개발하는 곳이다. 3~4명으로 시작해서 20여 년 만에 70여 명으로 연구원이 늘어났으니 그동안 많이 발전했다. 초기에는 우 주발사체 개발에 정부의 장기계획이 확정되지 않았고 장래성이 안 보여서인지 인기도 없고 연구원들의 이직도 많았다.

이 그룹에서는 KSR-I의 고체추진기관 설계, KSR-II의 1단과 2 단 로켓 추진기관 연구개발 등을 맡았으며, 병행해서 1990년대 초 부터 액체추진제 로켓 엔진에 대한 연구를 진행했다. 초기에는 고체추진제 로켓에 대한 연구를 하다가 후에는 대부분의 연구원이 액체 추진기관 연구에 참여했다. 미래의 우주발사체 개발에 대비하기 위해서였다. 이렇게 일찍부터 액체추진제 로켓의 연구개발을 준비할 수 있었던 것은 당시 세계적인 로켓 개발의 방향을 미리 예측할 수 있었기 때문이었다.

우리나라에서 인공위성이나 우주선을 발사하기 위해서는 우리의 로켓과 로켓 발사장이 필요했다. 인공위성은 해외에서 살 수 있지만 로켓은 외국에서 사기가 아주 힘들다. 로켓 기술은 미사일에 쉽게 응용되어서 국제적으로 로켓 관련 기술을 사고파는 것이 엄격히 통제되기 때문이다. 즉 우리가 로켓을 가지려면 우리 기술로 우리가 만들어야 하는 것이다. 또 우리가 개발한 로켓이 있어야 우리가 사용하고 싶을 때 마음대로 발사할 수 있는 것이다. 로켓의 개발은 이래서 어렵다.

후회 없는 삶을 위해 나는 매 순간 내 꿈을 향해 달려왔다. 사실 우리나라의 형편상 2002년 말 한국 최초의 액체추진제 로켓 KSR-III가 발사 시험에 실패했더라면 국내에서는 더 이상의 로켓 연구를 진행하기가 쉽지 않았을 것이다. 800억 원의 거액을 투자해 개발된 로켓이 발사에 실패했는데, 누가 다음 로켓의 연구비를 선뜻

내놓겠는가?

KSR-III의 발사 성공은 시간과 예산이 모두 넉넉하지 않은 상황에서도 포기하지 않은 우리 로켓기술자들의 피눈물 나는 노력의 결과이다. KSR-III 사업을 하면서 내가 한 일이라고는 기본 아이디어를 준 것뿐이고, 실질적으로 개발한 것은 우리 과학기술자들이다. 그들은 터전을 마련해 주기만 하면, 어려운 문제를 해결하고 무에서 유를 창조할 수 있다는 것을 입증했다. 그리고 그러한 점은 대한민국이 과학기술 분야에서 엄청난 경쟁력이 있다는 사실을 의미한다.

만약 2009년에 우리 손으로 인공위성을 쏘아 올리는 데 성공한다면, 그것은 월드컵보다 훨씬 더 국가 이미지를 높이는 효과를 거둘 것이다.

우리의 우주로켓으로 인공위성을 발사할 날이 이제 눈앞에 와 있다. 앞으로 우리나라 우주개발의 과제 중 하나는 산업체에서 우주로켓을 상용화하여 우주산업을 발전시키는 일일 것이다. 즉, 우리나라도 10년 후에는 우주 선진국들처럼 우리의 민간 산업체가 국산 우주로켓을 가지고 외국의 인공위성 발사를 서비스해 주고 돈을 버는 시대가 와야 한다고 생각한다.

우리 민족은 손재주와 과학적인 창의력이 뛰어나고 열심히 도전하고 노력하는 민족이기 때문에 우리나라 과학기술의 미래는 밝다. 우리나라가 우주개발 분야에 투자한 비용과 성과를 우주 선진국들과 비교해 보면 우리의 성장 속도는 세계 최고다. 최근 한국과 미국 간에 공동 우주개발 협약을 맺은 것도 우리나라의 우주기술 수준이 높아졌기 때문이다.

우리나라 최초의 우주인 이소연 박사는 2008년에 국제우주정거장에 갔다 왔지만, 국제공동우주개발에 참여하고 있는 우리나라 과학자들은 2025년까지 달에, 그리고 2035년에는 화성에 갈 수 있을 것이다.

내가 어린 시절에 만화 속에만 있는 일인 줄 알았던 것들이 지금 눈앞의 현실이 되고 있다. 꿈이란 그런 것이다. 잡히지 않을 것 같고 불가능해 보이지만 열심히 파고들면 자신도 모르는 사이에 바로 내 것이 되는 것이다. 우리의 우주산업도 지금, 그렇게 꿈을 현실로 만들며 한 발짝 한 발짝 앞으로 나가고 있다.

한국 최초의 과학관측로켓 KSR-I-1

과학관측로켓 KSR-I 개발은 1987년 천문우주과학연구소가 제안하면서부터 시작됐다. 1987년부터 기초연구가 시작됐으며, 1990년 7월부터 본격적으로 연구개발이 이뤄졌다.

그리고 1993년 6월 4일, 한국 최초의 1단형 고체추진제 로켓인 KSR-I이 드디어 서해안의 안흥 종합 시험장에서 성공적으로 발사됐다.

KSR-I의 크기는 길이 6.7미터, 지

1993년 6월 4일, 서해안 안흥 시험장에서 첫 번째 과학 관측로켓이 성공적으로 발사됐다.

름 42센티미터, 발사 직전의 무게는 1.4톤, 이륙할 때의 최대 추력은 16톤, 평균 추력은 8.7톤, 연소시간은 18초였다. 66.6도로 발사되어, 상승한 최대 고도는 37.5킬로미터였으며, 180초 동안 비행하여 77킬로미터를 날았다. KSR-I-1호의 임무는 한반도 상공의 오존량을 측정하고 과학 1호의 성능을 종합적으로 조사하는 것이었다.

두 번째 과학관측로켓 KSR-I-2

한국과학관측로켓 KSR-I-2

1993년 9월 1일 오전 10시 34분, 김시중 과학기술처 장관이 참관한 가운데 KSR-I-2호기가 발사됐다.

나는 발사장에서 가까운 안전통제실에서 있다가 발사 직전 옥상으로 올라가 로켓이 머리 위에서 하늘로 치솟는 것을 보았다. 마치 내 머리 위에서 불을 뿜으며 올라가는 듯한 로켓을 보며 저 작은 로켓도 비행할 때 저렇게 우렁찬데 인공위성을 실은 우주로켓이 하늘로 올라간다면 얼마나 웅장할까 하는 생각이 들었다. 잠시 후 목적지에 성공적으로 착수했다는 소식을 현장으로부터 들었다. 모든 비행은 성공적으로 이루어졌다.

KSR-I-2호기는 좀 더 높은 하늘로 올라가기 위해 로켓 무게를 150킬로그램 정도 가볍게 했으며, 발사 각도도 69.3도로 더 높였다. 2호기의 최고 도달고도는 49킬로미터였으며, 101킬로미터를 3분 33초 동안 비행하면서 한반도 상공의 오존층 분포를 성공적으로 관측했다. 그리고 로켓 각 부분의 온도, 응력, 추진기관 내부의 압력 등을 측정하여 지상으로 송신했다.

2단형 과학관측로켓 KSR-II-1

 1단형 과학관측로켓의 성공적인 개발에 자신을 얻은 항공우주연구소의 과학로켓 개발팀은 1993년 2월 2단형 과학관측로켓 개발에 도전장을 던졌다. KSR-II 중형 과학로켓은 150킬로그램의 탑재물을 싣고 150킬로미터까지 올라가 한반도 상공의 이온층 환경, 오존층 분포 등을 측정하는 것이 목표였다.

 KSR-II 과학로켓이 KSR-I보다 크게 달라진 것은 우선 2단형 과학로켓으로 크기가 커졌다는 것이다. KSR-II에서는 KSR-I에 사용되었던 로켓 모터를 2단 로켓의 추진기관으로 그대로 사용하고, 1단에 사용할 고체추진제 모터는 국방과학연구소(ADD)에서 개발한 국산 지대지 미사일 '백곰' 미사일의 모터를 이용했다. 다만 로켓모터의 추진제를 (주)한화가 자체개발한 추진제로 바꿨다. 무엇보다도 KSR-II에서 채용한 새로운 기술 중 하나는 유도제어시스템으로 로켓이 비행한 후 정밀하게 낙하지점으로 착수하도록 했다는 것이다.

 과학관측로켓 발사시험은 어선들이

KSR-II-1호

많이 조업하는 서해안에서 이뤄지기 때문에 정확한 목표지점으로 떨어지게끔 유도하는 자세제어 시스템이 필요했다. 그래야 비행이 끝난 로켓이 서해안에 떨어져도 사고가 나지 않기 때문이다.

1997년 7월 9일, 서해안 시험장에서 첫 발사된 KSR-II-1호기는 성공적으로 비행하긴 했지만, 발사후 20.8초부터 통신이 두절되었다.

성층권을 벗어난 KSR-II-2

KSR-II의 1호기가 비행 중 통신이 두절되자 이의 원인을 찾기 위해 각 분야 및 부품에 대한 점검이 오랫동안 계속됐다. 원인은 2단 로켓이 분리될 때의 충격으로 전원에 문제가 발생한 것으로 추정되었다.

충격완화 장치 등 몇 가지를 보완한 후, 1998년 6월 11일 오전 10시 서해안에서 과학로켓 KSR-II-2호기를 성공적으로 발사시켰다. 로켓은 362초 동안 비행하면서 최대고도 138킬로미터까지 상승했으며, 약 127킬로미터 떨어진

KSR-II-2호

서해 해상으로 낙하했다.

그때까지 한반도에서 발사된 로켓 중에 최고로 높은 곳까지 올라간 KSR-II-2호기는 성층권을 벗어나 고층 대기에서의 과학실험을 진행했다. KSR-II-2호기는 그 성능이 최대 고도 150킬로미터까지 이르는 2단형 고체 과학 관측로켓이다.

총 길이 11.10미터, 총 중량 2톤, 직경 0.42미터인 KSR-II-2호기는 오존량 측정, 이온층 전자밀도 및 온도 측정, 천체 X선 관측 실험을 수행했으며, 그 측정 결과를 실시간으로 지상에 완벽하게 송신했다.

한국 최초의 액체추진제 로켓, KSR-III

2002년 11월 28일 성공적으로 발사된 KSR-III은 한국 최초의 액체추진제 과학로켓으로, 100퍼센트 독자적으로 만들어진 로켓이다. 길이는 13.5미터, 직경은 1미터, 추진제를 채웠을 경우 로켓 전체의 무게는 6.1톤 징도이다. 엔진에서 발생하는 추력은 12.5톤이며, 엔진을 55초 동안 작동시킬 경우

국내 최초의 액체추진제 로켓 엔진의 지상연소 시험

42킬로미터까지 올라가서 80킬로미터를 비행할 수 있는 성능을 지녔다.

또한 KSR-III는 가격이 저렴하고 환경친화적인 고성능 액체추진제 로켓으로 산화제로 액체산소, 연료로는 등유를 사용했다. 또 헬륨가스를 고압으로 압축해 연료통 속의 연료와 산화제통 속의 산화제를 엔진으로 보내는 방식을 채택했다. KSR-III는 231.8초 동안 79.5킬로미터를 성공적으로 비행했다.

한편, 한국 최초의 우주발사체 KSLV-I은 무게가 140톤으로, 백킬로그램급 인공위성을 저궤도에 올릴 수 있는 규모이며, 2009년에 그 위용을 드러낼 전망이다. 이때가 되면 우리나라는 우리나라의 나로 우주센터에서 우리

전라남도 고흥의 외나로도에 건설되는 나로 우주센터 조감도

가 개발한 발사체에 우리의 인공위성을 쏘아 올리게 된다.

KSLV-I은 2단 액체 엔진과 2단 고체 킥모터로 구성되는 2단형 발사체이며, 1단은 러시아와 공동으로 개발하고, 2단은 국내에서 개발하고 있다. 총 중량은 최대 140톤, 추진제 중량은 최대 130톤, 총 길이는 약 33미터, 직경은 약 3미터, 추력은 170톤 급이다.

2003년 8월 8일 나로 우주센터 기공식 때, 당시 고건 총리에게 우주센터 건설 계획에 대해 설명하는 중이다.

2002년 9월, 한국과학문화재단의 제1회 '닮고 싶고 되고 싶은 과학기술인'에 선정되었을 때
왼쪽부터 채영복 과학기술부 장관, 나, 강두식 호원대 총장(장인), 김학준 동아일보 사장

아리랑 2호의 우주카메라를 개발하고 있던 이스라엘의 엘롭사를 방문하였을 때.

2006년 3월 31일 고려총통 복원 발사 시험을 하고 있다.

2008년 5월 31일, 조선일보 어린이 직업 체험
단 키즈리더의 〈채연석 박사님과 함께 하는 '나
는야 우주과학자'〉에 참여한 어린이들과 함께

KBS TV '저요! 저요!' 등 TV 프로그램 출연
장면. 한국항공우주연구원 원장으로 재임할 무
렵, TV에 출연해 우주 탐험과 로켓 개발에 대
한 이야기를 하게 되는 경우가 많았다.

© KnJ/CJ

2008년 9월에 개봉된 영화 〈신기전〉. 나의 연구로 처음 세상에 드러난 우리나라의 옛 로켓 신기전이 영화로 만들어진 것은 그 자체만으로도 이것을 연구한 사람으로서 큰 영광이었다. 나는 이 영화의 기술자문을 2003년부터 해 주었다.

2007년 12월 4일 영화 〈신기전〉 촬영 현장.

2007년 10월, 영화 〈신기전〉 촬영지에서. 복원한 신기전이 하늘을 날아다니고 조선시대 복장을 한 장군들이 말을 타는 모습을 보니, 마치 타임머신을 타고 조선시대로 돌아간 기분이 들었다.

2008년 7월 3일 압구정 CGV에서 열린 영화 〈신기전〉의 쇼케이스 현장. 왼쪽부터 김성주 MC, 나(채연석), 영화배우 정진영, 한은정, 허준호.

2008년 9월 17일, 국립중앙과학관에서는 영화 〈신기전〉에 사용되었던 중신기전, 화차, 대신기전 발사대 기증식이 열렸다. 그곳에서 내가 신기전에 대해 설명하고 있다.

기증식에 참석한 분들과 함께. 영화 〈신기전〉의 김유진 감독이 왼쪽에 서 있으며, 나의 오른쪽에 여주인공 한은정 씨가 서 있다.

2008년 4월 7일, 한국 최초의 우주인 이소연 박사의 우주비행을 해설하기 위해, SBS 기술자문 해설위원 자격으로 러시아 우주센터 바이코누르를 방문했다. 왼쪽에서 두 번째 청년은 고산.

뒤에 있는 우주선이 이소연 박사가 탈 소유즈 우주선이다.

SBS TV 프로그램 '대한민국 우주에 서다'에서 해설을 맡았으며, 2007년 4월 8일 우리나라 최초의 우주인 탄생을 현장에서 지켜보았다. 왼쪽부터 나, SBS 박진호 기자, 윤현진 아나운서, 한승희 기자.

한국 최초의 우주인 후보들과 함께. 왼쪽부터 이소연 박사, 나(채연석), 고산 씨.

2008년 6월 12일,
대신기전 지상 시험을 성공적으로 마친 다음
아들 수강이와 함께.

2008년 8월 8일, 대신기전이 시험 중 폭발하고 있다.

든든한 내 버팀목이 되어 주는 가족. 왼쪽부터 아내 강사임, 아들 수강, 딸 수안, 그리고 나(채연석). 아내는 충청대학 컴퓨터그래픽디자인과 교수이다. 딸 수안은 건축가를 꿈꾸고 있으며 아들 수강은 우주과학자를 꿈꾸고 있다. 수강은 내가 대신기전을 복원할 때 여러 아이디어를 제안해 나를 흐뭇하게 했다.

포기하지만 않으면
모든 것은 가능해진다

지나온 내 삶을 돌아보면 가장 어려웠던 시절은 대학 시절이었다. 한창 신나고 재미있게 생활할 수 있었던 그 자유로운 시기가 왜 내게는 힘들었을까?

먼저 경제적인 이유가 가장 컸다. 청주에서 고등학교를 마치고 일 년 재수를 해서 대학으로 들어갔지만 앞길이 캄캄했다. 등록금도 엄청나게 비쌌고 그것도 일 년에 두 번씩이나 준비해야 돼서 큰 문제였다. 부모님께서는 이미 연로해 경제력이 없었고 형들의 형편도 동생을 대학 공부시키기에는 충분하지 못했다.

사실 경제적인 여유가 있으면 일생 중 가장 재미있고 낭만이 넘치고 유익한 경험을 많이 할 수 있는 시기가 대학 시절이 아닌가 싶다. 고등학교 때처럼 입시 준비로 정신적으로나 신체적으로 괴롭지 않고, 간섭하는 사람이 주위에 있는 것도 아니고, 강의가 끝나면 하고 싶은 일을 마음대로 할 수 있는 시절이니 말이다.

그러나 찻집에서 친구들과 커피 한 잔 마음대로 마실 수 있는 형편이 아니었기에 나의 대학 시절은 낭만의 시절이 아니라 경제적으로 고통스런 시간이었다. 고등학교 때는 친구들과 차이가 없는 줄 알았고 큰 표시도 나지 않았는데 대학 때는 경제적으로 어려운 것이 더욱 크게 차이가 났다. 그로 인해 앞으로 나아갈 의지가 약해지기도 했다.

대학에 입학하고 얼마 되지 않은 봄날 저녁, 남산으로 올라간 적이 있다. 서울 시내가 한눈에 들어왔고 수많은 집의 불들이 하나씩 들어오고 있었다.

'서울에는 정말 많은 사람들이 사는구나! 저 불빛 하나에 서너 명씩만 산다고 해도 정말 엄청난 사람들이 사는 곳이구나.'

이런 생각들을 하며 이 많은 사람들 중 나의 위치를 생각하니 정말 막막했다. 서울 사람들 중 나보다도 못 하고 어려운 사람들이 몇이나 될까 싶었다. 모두들 나보다는 행복하고 좋아 보였다. 원래 긍정적인 성격인 나였지만 그 당시는 그렇게 힘들었다.

그러나 그렇게 주저앉을 수만은 없었다. 왜냐하면 그래도 나에게는 대학에서 공부할 수 있는 기회가 있었고, 또한 평생 동안 하려고 하는 확실한 목표와 꿈이 있었기 때문이다.

나의 꿈과 목표는 로켓을 연구하면서 우리 땅에서 우리 위성을 우리가 만든 로켓으로 발사하는 것이었다. 이 꿈을 키우고 목표를 달성하기 위해 대학에 들어갔는데, 그 대학 생활이 생각보다 너무나 어려웠을 뿐이다.

나는 지난 시절을 떠올려 봤다. 어렸을 때부터 가슴속에 키워 왔던 꿈, 로켓을 만들어 실험하다 고막까지 잃었던 일, 그런 일들을 떠올리자 두 다리에 힘이 솟았다. 내가 걸어 온 길은 한치도 흔들림 없이 곧게 한 길로 나 있었지 뭔가.

다시 일어서기로 했다. 지금까지 해 왔던 것처럼, 지금까지 걸어 온 그 길을 계속 걸어가기로 했다. 그때부터 나는 미리 걱정하지 않기로 했다.

그런데 뜻밖의 행운들이 찾아왔다. 『학생과학』이라는 과학잡지에 글을 기고해 많지는 않았지만 원고료를 받게 되었고, 그것을 모아 책으로 출간한 것이 우량도서로 선정돼 학교에서 큰 장학금까지 받게 되었다. 그 덕분에 나는 등록금 걱정 없이 대학을 다닐 수 있었다. 장학금을 받게 된 이후에는 학교에 연구실도 하나 생겨 오랫동안 꿈꾸던 우리 옛 로켓의 기원에 대한 연구도 할 수 있었다. 나는 그저 하던 일, 내가 꿈꾸던 일만 계속할 뿐이었는데 문이 하나씩 열렸다.

그 이후에도 나는 학교에서 열심히 연구에만 몰두했다. 그러다 보니 우리의 로켓 신기전에 대한 연구 논문이 우수상을 받아 대학원 2년 동안 장학금을 받게 되었다. 결국 미국으로 유학을 가기 전까지 국내에서는 돈 없이도 대학원까지 공부를 마칠 수 있었다. 미국으로 유학을 가서는 한국에서 모아 놓은 돈으로 공부를 시작해서 연구조교로 학비를 벌어 두 아이를 낳아 기르며 박사학위를 받았다. 그 이후로는 내가 어렸을 때부터 꿈꾸던 우리의 로켓 개발과 우주개발의 일선에서 일하고 있다. 확실하고 건실한 목표를 세우고 꿈을 실현시키기 위해 열심히 노력했던 결과가 아니었을까.

지금 자신의 꿈을 꽃피우기 위해 어려운 환경 속에서 노력하고 있는 많은 청소년들이 있을 것이다. 그들에게 내 이야기를 들려주어 용기를 주고 싶었다. 어려운 상황만을 탓할 필요는 없다. 여러분의 어려운 상황은 여러분이 꼭 성공할 수 있도록 더욱 더 심신을 단련시켜 줄 것이다. 지금은 안개가 낀 듯 앞길이 보이지 않는 것 같아도 묵묵히 자신의 발끝만 바라보며, 자신을 믿고 자신의 꿈만 바라보며 앞으로 나아가기만 하면 된다. 그러다 보면 어느덧 안개는 걷히고 성공의 산꼭대기로 올라가고 있는 자신을 발견하게 될 것이다. 바로 이 말을 꼭 들려주고 싶었다.

모두가 비슷하겠지만 어렸을 때는 참 걱정도 많았다. 나중에 자라서 나는 어떻게 될까? 나도 남들처럼 성공해서 잘 살 수 있을까? 마음씨 착하고 예쁜 신부를 만나 잘 살 수 있을까? 등등……. 생각해 보면 나는 걱정도 많고 생각도 참 많았던 아이다. 더구나 시골에서 연로하신 부모님의 막내로 태어났으니 더 그랬을 것이다.

언제부터인가 나도 이 세상에 태어났으니 성공적으로 한번 살아보자는 생각을 갖게 되었다. 어떻게 해야 성공할 수 있을까? 성공한 사람들의 전기를 읽어 보니 대부분 한 우물을 판 사람들이었다. 그런데 나는 다른 사람들보다 더 뛰어난 점이 없으니 일찍부터 한 우물을 파야 할 것 같았다. 그래서 나는 일찍부터 로켓을 나의 분야로 정하고 바보처럼 한눈팔지 않고 한 길만 걸어 보기로 하였다.

가난한 나라에 태어나서 부자 나라만 할 수 있는 로켓을 만들어 우주를 개발하겠다는 내 꿈이 허황된 것이었는지도 모른다. 그러나 이런 꿈을 가지고 평생을 살다 보니 대학교 때 연구한 '신기전'이 영화로 만들어지기도 하고 그 어렵다던 액체 로켓도 하늘을 날았다. 그리고 우리나라도 인공위성을 발사할 수 있을 정도로 잘 살게 되었고 기술이 발전해 내년이면 나로 우주센터에서 우리의 우주 로켓으로 과학위성을 발사하게 되었다.

나의 어린 시절 꿈이 이렇게 이루어진 것은 내가 남다르게 뛰어난 능력을 갖고 있기 때문이라기보다는, 내 꿈을 따라 그냥 묵묵히 한 길만 걸었기 때문이라고 생각한다. 당시 대우가 좋기로 유명한 유한대학 교수직을 과감하게 사직하고 미국으로 유학을 간 것도 나의 꿈 때문이었고, 대기업에서 간부로 영입하겠다는 스카우트 제안을 거절한 것도 나의 꿈 때문이었다.

주변의 유혹에도 흔들리지 않고 오직 자기의 꿈을 따라 한 길을 갈 때에만 꿈은 현실로 다가 온다. 또 꿈이 있는 사람은 자신의 꿈을 실현하기 위해 무엇이 필요한지를 생각하고 그것을 미리 준비하게 된다. 살아 보니 준비를 한 사람들에게 더 많은 기회가 온다는 것을 알게 되었다.

성공의 기준은 각자가 다르지만, 자기의 꿈을 어느 정도 이룬 사람도 성공한 사람이라고 볼 수 있다. 남들이 성공한 사람이라고 불러 주는 것도 중요하지만 자기 스스로 자신이 성공했다고 생각할 수 있으면 '성공한 삶'이라고 말할 수 있다. 내가 대단히 성공한 사람이라는 생각에 이 책을 쓴 것은 아니다. 다만 이렇게 사는 것도 좋은 방법이라는 생각에 내가 살아온 길을 좀 보여 주려고 한 것뿐이다.

내가 내 꿈을 이렇게 이루는 데에는 자기의 꿈을 희생하면서 열심히 도와준 아내와 각자의 길을 한눈팔지 않고 열심히 가고 있는 딸과 아들 때문이라 생각한다. 이들에게 감사의 뜻을 전하고 싶다.

또 물심양면으로 많이 도와주시며 용기를 주신 부모님과 형제, 스승님들을 비롯한 선후배, 그리고 도움을 주신 많은 분들께도 감사를 드린다. 바쁘신 와중에 추천사를 써 주신 한국우주소년단의 이상희 총재님과 친구 정호승 시인께도 깊은 감사를 드린다. 그리고 이 책을 위해 열심히 뛰어다닌 허영수 기획편집팀장에게도 감사의 말을 전한다.

마지막으로 이 책이 미래의 꿈을 가지고 어려운 세상에 도전하려는 청소년들에게 작은 용기와 힘이 되었으면 하는 바람이다.

대덕연구단지에서 채연석

꿈★의 로켓을 쏘다
ⓒ 채연석 2008

초판 인쇄 | 2008년 10월 17일
초판 발행 | 2008년 10월 24일

지 은 이 | 채연석
펴 낸 이 | 김정순
편   집 | 허영수, 최성은
펴 낸 곳 | (주) 북하우스
출 판 등 록 | 1997년 9월 23일 제 406-2003-055호

주   소 | 413-756 경기도 파주시 교하읍 문발리 파주출판도시 513-8
전   화 | 031-955-2555
팩   스 | 031-955-3555
전 자 우 편 | editor@bookhouse.co.kr

ISBN 978-89-5605-301-1 03810

이 도서의 국립중앙도서관 출판시도서목록(CIP)은 e-CIP 홈페이지(http://www.nl.go.kr/cip.php)에서
이용하실 수 있습니다. (CIP 제어번호 : CIP2008003059)